GEDICHTE UND SONGS 1965–1999

Paul McCartney

GEDICHTE UND SONGS
1965–1999

Herausgegeben
und mit einer Einleitung
von Adrian Mitchell

Aus dem Englischen von
Kristian Lutze und Werner Schmitz

Kiepenheuer & Witsch

1. Auflage 2001

Titel der Originalausgabe:
Blackbird Singing. Poems and Lyrics 1965–1999

Deutsch von Kristian Lutze und Werner Schmitz
zweisprachige Ausgabe

Umschlaggestaltung: Rudolf Linn, Köln,
nach einer Vorlage von Pentagram
Umschlagmotiv: Paul McCartney
Gesetzt aus der Bembo (Berthold)
Satz: Kalle Giese, Overath
Druck und Bindearbeiten: GGP Media GmbH, Pößneck
ISBN 3-462-03033-7

Für Linda, Mary, Stella, James und Heather

BLACKBIRD

Blackbird singing in the dead of night
Take these broken wings and learn to fly
All your life
You were only waiting for this moment to arise.

Blackbird singing in the dead of night
Take these sunken eyes and learn to see
All your life
You were only waiting for this moment to be free

Blackbird fly
Into the light of a dark black night
Blackbird fly
Into the light of a dark black night

Blackbird singing in the dead of night
Take these broken wings and learn to fly
All your life
You were only waiting for this moment to arise.

AMSEL

Dein Lied erklingt in tiefer Nacht
Spreiz die lahmen Flügel und flieg los
Immer schon
Hast du doch allein von diesem Augenblick geträumt.

Dein Lied erklingt in tiefer Nacht.
Schlag diese blinden Augen auf und lerne sehn
Immer schon
Hast du doch allein darauf gewartet, frei zu sein.

Flieg, Amsel, flieg
Flieg in das Licht der pechschwarzen Nacht.
Flieg, Amsel, flieg
Flieg in das Licht der pechschwarzen Nacht.

Dein Lied erklingt in tiefer Nacht
Spreiz die lahmen Flügel und flieg los
Immer schon
Hast du doch allein von diesem Augenblick geträumt.

INHALT

I PLAYING AT HOME

II YESTERDAY

III FRIENDS AND ENEMIES

IV THE BUSINESS

V THE WORLD TONIGHT

VI ALL THE LONELY PEOPLE

VII STANDING STONE

VIII HOME TO LOVE

IX NOVA

VORWORT

Als Teenager wollte ich aus irgendeinem Grund unbedingt ein Gedicht von mir in der Schulzeitung veröffentlichen. Ich schrieb etwas Tiefsinniges und Bedeutungsvolles – das prompt abgelehnt wurde – und habe wohl seither versucht, es allen zu zeigen.

Jahre später, nachdem ich mit – und ohne – John Lennon zahlreiche Songtexte verfasst hatte, schrieb ich, als ich vom Tod meines guten Freundes Ivan Vaughan hörte, ein Gedicht. Ich hatte das Gefühl, dass ein Gedicht, mehr als ein Song, am besten ausdrücken konnte, was ich damals empfand. Dieses Gedicht »Ivan« führte zu weiteren, von denen viele in diesem Band versammelt sind.

Adrian Mitchell hat mich davon überzeugt, dass das Buch auch Songtexte enthalten sollte, was es nun tut, da ich inzwischen ebenfalls der Meinung bin, dass beide Arten von Texten in gleichem Maße geeignet sind, tiefe Gefühle auszudrücken. Ich hoffe, der Leser empfindet das ebenso.

Paul McCartney

In Zusammenarbeit mit Paul habe ich für dieses Buch die besten seiner Gedichte und Songtexte ausgewählt. Es war ein großes Vergnügen.
Kennen gelernt habe ich Paul, John, George, Ringo und Brian im Januar 1963, als die Beatles London eroberten. Ich schrieb damals eine Popkolumne für die *Daily Mail* und habe am 1. Februar 1963 das erste Interview mit der Band in einer überregionalen britischen Zeitung veröffentlicht. Es hat mir viel Spaß gemacht, sie zu treffen und spielen zu hören, und jedes Mal wenn mir meine Zeitung den Platz einräumte, habe ich gerne wieder über sie geschrieben. Sie waren eine nette Truppe. Paul interessierte sich für meine Arbeit als Lyriker und Romancier, sodass der Kontakt zu ihm am engsten wurde.

Wir pflegten eine Freundschaft, die über die Jahre enger wurde, vor allem als unsere Familien sich kennen lernten. Einer der Höhepunkte meines Lebens war der Vortrag von vier meiner Gedichte, begleitet von Paul, Linda und Band bei ihrem Konzert in Southend im Rahmen von Pauls Welttournee 1991.

1995 habe ich als Lyrik-Redakteur des *New Statesman* eine Seite mit fünf seiner impressionistischen Gedichte veröffentlicht – »Chasing the Cherry«, »Mist the Mind«, »The Blue Shines Through«, »Trouble is« und »Velvet Wave«. Die Verkaufszahlen dieser Ausgabe der Zeitschrift schnellten um etliche Tausend nach oben.
Wir haben uns mit unserer Auswahl viel Zeit gelassen, zum einen weil Paul diverse Kisten und Kartons voller alter Manuskripte durchwühlen musste, zum anderen weil er gerade jetzt einige seiner besten Gedichte schreibt.

Manchmal habe ich kleinere Streichungen oder Änderungen vorgeschlagen, und manchmal hat Paul sie akzeptiert.

Auch Linda konnte gut mit Worten umgehen. Kurz, aber treffend schrieb sie:

> Unterdrückung kann nicht gewinnen
> Denn das Licht kommt von innen.

Dieses Buch war Lindas Idee, und sie war unsere Inspiration.

Wer achtet überhaupt auf die Texte von Songs? Ich schon. Und Millionen anderer Menschen. Zahlreiche Fans schreiben sorgfältig die Texte ihrer Lieblingssongs in Hefte.

Natürlich sind die meisten Songschreiber in keiner Beziehung Künstler. Meistens versuchen sie lediglich, Geld zu verdienen, indem sie Worte, die schon einmal viel Geld eingebracht haben, immer wieder neu aneinander reihen. Die Hits meiner Jugend – von Crosby, Sinatra, Nat King Cole, Dinah Shore etc. – waren voller schmalziger Worte wie »devotion« und »emotion«, »Herz-Schmerz«-Reime mit Lametta-Sternchen – schreckliche, nichts sagende Texte wie eine Tonne voll weißem Schlamm. Doch einige wenige seltsame Songs der Zeit waren auch sprachlich lebendig – »Talahassee«, »Accentuate the Positive« und das eigentümliche »Cement Mixer« etwa. Im Blues entdeckte ich noch die besten Texte, rauhe und knackige Nummern wie »Make Me a Pallett on the Floor«, »If You See Me Coming«, »St. James' Infirmary« und »Low Down Dirty Shame Blues'«:

I looked out the window, saw a poor boy walkin' in
the rain,
Yeah, I looked out the window, saw a poor boy
walkin' in the rain,
Heard him mutter: »It's a low down dirty shame.«
I walked these streets all night long, got my feet
all soakin' wet,
Walked the streets all night long, feet all soakin' wet,
Ain't seen nobody like my baby yet –
It's a low down dirty shame.

Das war echte, wahre Lyrik aus reinem Gold, und ich wusste es.

Mit den Rock'n'Roll-Stars kamen die schmutzigen und wahrhaftigen Worte des Rhythm'n'Blues ins Radio. Songschreiber wie Chuck Berry und Jerry Leiber erzählten in ihren Texten vom Leben in der Großstadt und verwendeten Metaphern von Autos, Hamburgern, Aphrodisiaka, Alkohol, Gefängnisunruhen, Stripteasetänzerinnen, Schule und allen möglichen Problemen – schnelle poetische Drei-Minuten-Dramen. Songs wie »Blue Suede Shoes« oder »Riot in Cell Block Number Nine« wurden nicht nur wie Todesdrohungen vorgetragen, sie waren auch in der Sprache der Wirklichkeit geschrieben.

Die Beatles liebten und sangen diese Songs, bevor sie begannen, eigene Nummern zu schreiben. Doch mit wachsendem Selbstbewusstsein verschob das Gespann Lennon/McCartney die Grenze des Songschreibens und schuf Wunderwerke wie »Sergeant Pepper's Lonely Hearts Club Band«, »Come Together«, »Eleanor Rigby« und »A Day in the Life«, und auch nach ihrer Trennung lieferten John und Paul weiterhin starke und intelligente Texte.

Natürlich haben die Beatles noch viel mehr bewirkt. Sie haben die Welt verändert, Türen und Köpfe geöffnet. Die 60er Jahre erlebten eine Auferstehung der Künstler-Revolten von Oscar Wilde, Erik Satie, van Gogh und des Jazz. Doch dieses Mal waren mehr Menschen dabei. Es schien, als wollte jeder ein Stück abbekommen – ein bisschen Freiheit, ein bisschen Farbe, ein bisschen Poesie und ein bisschen Revolution.

Ende der 50er Jahre des 20. Jahrhunderts veränderte sich die Lyrik radikal. In den USA lösten die Auftritte von Dylan Thomas, Alan Ginsberg und anderer ein Revival der Tradition mündlich vorgetragener Gedichte aus. In Großbritannien ging Mike Horovitz mit seinem Live-New-Departures-Zirkus von Dichtern, Musikern, Schauspielern und Clowns auf Tour und führte diese wertvolle Arbeit fort. Seit jenen alten Zeiten, als praktisch jeder veröffentlichte Lyriker weiß, männlich und Absolvent einer Privatschule war, sind immer mehr Grenzen eingerissen worden. Die Frauen waren die Ersten, die gleiche Chancen für ihre Worte verlangten. Schwarze und asiatische Lyriker folgten. Schwule und sogar Kinder forderten ihr Recht und behaupteten, dass jeder Gedichte schreiben könne. Selbstverständlich.

Doch der alte Dünkel hat sich gehalten – man muss nur die ehrwürdigeren Anthologien studieren und könnte immer noch glauben, dass Lyrik nur etwas für Intellektuelle und Akademiker ist.

Entmüllt euren Kopf. Vergesst Namen und Ruhm. Lest diese klaren Worte und lauscht ihnen nach – entscheidet selbst.

Paul steht nicht in der Tradition akademischer oder modernistischer Lyriker. Er ist ein populärer Dichter in der Tradition populärer Poesie. Auch Homer war und ist ein populärer Dichter, den Millionen von Menschen, die nie eine Universität von innen gesehen haben, verstehen und lieben. William Blake, der einst einem kleinen Kreis von Freunden seine *Songs of Innocence and Experience* vortrug, ist einer der beliebtesten Dichter überhaupt geworden. Jedes Mal wenn Kritiker feststellen, dass gesungene Lyrik in irgendeiner Weise minderwertig sei, rate ich, ihnen Blakes »Tyger« oder »Burns« »My Luv is like a Red, Red Rose« ins Gesicht zu singen.

Obwohl sie wissen, dass sie in einem Popsong auch mit banalen Nichtigkeiten davonkommen würden, haben einige Songschreiber eine Vision, die sie uns vermitteln wollen. Einigen gelingt es, wahr über die Welt zu schreiben – so wie Paul es in »Penny Lane«, »She Came in through the Bathroom Window« und »Eleanor Rigby« tut. Seine besten Texte halten dem Vergleich mit Christina Rosettis »In the Bleak Midwinter«, »Blakes A Poison Tree« oder »Burns« »This is No My Ain Lassie« absolut stand.

Häufig besteht zwischen einem Gedicht und einem Songtext ein Unterschied. Songtexte wirken weniger konzentriert und dicht, zum einen weil ein Song auf Anhieb funktionieren muss, zum anderen weil die Worte der Musik Raum zum Atmen und Zeit zur Entfaltung lassen müssen. In einem guten Song tanzen Text und Musik miteinander, und dafür brauchen sie Platz.

Paul geht in all seinen Werken immer wieder Wagnisse ein. Er scheut sich nicht, sich der Kunst der Poesie zu stellen – der Kunst, nackt zu tanzen. Es gibt eine spürbare Verwandtschaft zwischen Pauls Arbeit und zeitgenössischen Lyrikern wie Brian Patten und Carol Ann Duffy oder auch lyrischen Songschreibern wie Elvis Costello, Randy Newman und Laurie Anderson.

Dabei schreibt Paul nicht naiv oder primitiv. Er verfasst seit seiner Schulzeit Gedichte, seit den Tagen, an dem sein großartiger Lehrer Alan Durband ihn mit Chaucer und Shakespeare bekannt gemacht und Paul für sich die Werke von Oscar Wilde, Tennessee Williams, Bernard Shaw, Sheridan und Hardy entdeckt hat. Und auch lebende Lyriker wie seine Freunde Alan Ginsberg und Tom Pickard hat er um Rat gefragt. Natürlich ist Paul mit einer der feinsten und wärmsten Singstimmen unserer Zeit gesegnet, natürlich ist sein Talent, Melodien zu komponieren, die direkt ins Herz gehen und dort haften bleiben, unübertroffen. Aber wenn es um Worte geht, ist er Juwelier und Jongleur zugleich. Sowohl seine Gedichte als auch seine Songtexte stecken voller Überraschungen.

Manchmal sind seine Gedichte leicht wie eine Feder. Sie können kitzeln oder fliegen oder das Auge erfreuen. Manchmal schreibt er vier Zeilen, die so schwer sind wie ein Doppeldecker oder das Herz selbst.

Um die Ernsthaftigkeit und den tiefen Sinn von Pauls Texten zu demonstrieren, sei hier eine Passage aus Barry Miles' Buch *Many Years from Now* zitiert, in der Paul über »Blackbird« spricht:

> Ich habe die Melodie ausgehend von einem Bach-Stück auf der Gitarre entwickelt und sie dann weitergeführt, auf eine andere Ebene gehoben und die Worte dann einfach an die Töne angepasst. Ich hatte eigentlich eher das Bild einer schwarzen Frau im Sinn als das eines Vogels. Es waren die Tage der Bürger-

rechtsbewegung, die wir alle leidenschaftlich unterstützt haben, sodass es im Grunde ein Lied von mir an eine schwarze Frau war, die in den Vereinigten Staaten all diese Probleme erlebte: »Ich will dich ermutigen, es weiter zu versuchen und deinen Glauben zu bewahren, denn es gibt Hoffnung.«

Wie häufig in meinen Stücken kam es dabei zu einer Verfremdung oder Verschleierung. Anstatt zu sagen »schwarze Frau aus Little Rock« und sehr spezifisch zu werden, wurde sie zu einem Vogel, wurde zum Symbol, das jeder auf sein spezielles Problem beziehen konnte.

Das ist eines meiner Leitmotive: »Take a sad song and make it better«, lass dir von diesem Song helfen. »Kraftspenden« ist ein gutes Wort dafür. Im Laufe der Jahre habe ich eine Menge Briefe bekommen, in denen mir Menschen gesagt haben: »Dieses Lied hat mir wirklich durch eine echt schwere Phase geholfen.« Ich glaube, die größte Freude daran, Musiker und Beatle gewesen zu sein, sind diese Briefe, die zu dir zurückkommen und aus denen du erfährst, dass du Menschen wirklich geholfen hast. Das ist die Magie des Ganzen, das Wunder, weil ich die Songs mit einer Ahnung geschrieben habe, dass sie vielleicht helfen könnten, aber zu erfahren, dass sie Menschen tatsächlich eine Hilfe waren, macht mich wirklich sehr stolz.

Nicht viele Dichter könnten so offen über ihre Arbeitsweise und den Anstoß zu ihrem Schreiben sprechen. Paul kennt den Wert der Worte und weiß, wie sie helfen können, unser Lieben und Leben zu genießen. Er weiß auch, dass Worte in Zeiten tiefster Trauer etwas bewirken können – nicht nur als Selbsttherapie, sondern auch als eine Möglichkeit, zu anderen oder für andere zu sprechen, die einen geliebten Menschen verloren haben.

Diese Sammlung brauchte keine Einführung. Ich habe trotzdem eine geschrieben, weil ich Pauls Rang in der Lyrik skizzieren wollte. Doch diese Gedichte und Songtexte stehen auf eigenen Füßen, auf eigenen tanzenden Füßen. Danke Paul, danke Linda.

Adrian Mitchell

I PLAYING AT HOME

IN LIVERPOOL

I spent my early life in Liverpool
Something I'm not likely to forget
People blend with places
Faces that I know but never met

Upstairs on a bus behind a man
Talking to himself or so it seemed
Repeating names of old comedians
And laughing at them ...

Down the pierhead where the preachers met
Each of them his own imagined crowd
Giving us his version of the book
That God had written ...

In a house before they built the road
Raising jam jars for a worthy cause
Prince the dog with one eye to his name
Wants to follow ...

By the sports field of the Institute
Lives Soft Sid the harmless village fool
Greeting kids who pass the other side
Saying Hello Children ...

Listening to the bin man holding court
Promising to buy a brand new bike
King of little children for a day
He gives them money ...

IN LIVERPOOL

Als Junge lebte ich in Liverpool
Was ich wohl kaum vergessen werd
Menschen und Plätze verschwimmen
Bekannte Gesichter, selbst nie gesehn

Oben in dem Doppeldecker hinter einem Mann
Der scheinbar mit sich selber sprach
Und laut die Namen alter Komiker zitierte
Er lachte über sie …

Unten an dem Pier wo die Prediger sich treffen
Spricht ein jeder zur Gemeinde seiner Fantasie
Und lehrt seine Lesart jenes Buches
Das Gott selbst geschrieben hat …

In einem Haus, wo jetzt die Straße ist
Einmachgläser sammeln für 'nen guten Zweck
Prince, der Hund, hat nur ein Auge
Will mir folgen …

Bei dem Sportplatz vor der Klinik
Lebt der sanfte Sid, der Dorfidiot
Grüßt die Kleinen auf der anderen Seite
Sagt nur harmlos: Hallo, Kinder …

Höre, wie der Müllmann Hof hält
Er verspricht ein nagelneues Rad
Für die Kinder ist er König einen Tag lang
Er gibt ihnen Geld …

Walking with the boys of Dungeon Lane
Aimlessly towards a muddy shore
Telling tales about the Chinese farm
And getting captured …

I spent my early life in Liverpool
Something I'm not likely to forget
People blend with places
And the faces that I know but never met

In Liverpool.

Mit den Jungen von der Dungeon Lane
Zieh ich ziellos zum verschlammten Ufer
Mit Geschichten von der China-Farm
Und Gefangenschaft …

Als Junge lebte ich in Liverpool
Was ich wohl kaum vergessen werd
Menschen und Plätze verschwimmen
Bekannte Gesichter, selbst nie geseh’n

In Liverpool.

MIST THE MIND

Mist the mind over
With damp's foggy dew
Slide like a tidal wave
Over the rock and
Drowning in merriment
Tell me I am not alone

Hum through the carpet
Nudging the undergrowth
Call out the bad names
To curse every midgy mite
Spin me a reverie
To crack me up

And helpless with laughter
Drop down the mount
A highland waterfall
Searching for love

BESCHLAG DEN VERSTAND

Beschlag den Verstand
Mit feuchtem Nebeltau
Brich wie die Welle dich
Über dem Fels und
Versinkend in Fröhlichkeit
Sag mir, ich bin nicht allein

Summ durch den Teppich
Im dichten Unterholz
Ruf laute Flüche
Verwünsch jeden Wichtelzwerg
Träum einen Traum für mich
Der mich erlöst

Und hilflos vor Lachen
Stürz dich ins Tal
Ein Wasserfall der
Die Liebe sucht

FIGURE OF EIGHT

You've got me dancing
In a figure of eight,
Don't know if I'm coming or going,
I'm early or late.
Round and round the ring I go,
I want to know, I want to know,
Why can't we travel a continuous line?
Make love a reliable covenant all the time,
Up and down the hills I go,
I got to know, I got to know.

Is it better to love one another
Than to go for a walk in the dark?
Is it better to love than to give in to hate?
Yeah we'd better take good care of each other
Avoid slipping back off the straight and narrow,
It's better by far than getting stuck
In a figure of eight.

Figure it out for yourself, little girl,
It don't go nowhere at all,
It's nothing more than a tape loop
In a big dance hall.
You've got me running in a figure of eight,
Don't know if I'm coming or going,
I'm early or late,
Round and round that little ring I go,
I want to know, I want to know.

ACHTEN DREHEN

Du bist die Frau
Für die ich Achten dreh
Keine Ahnung, ob ich komm oder geh
Zu früh oder spät
Ich laufe immerzu im Kreis
Gib mir Bescheid, wenn du es weißt
Warum geht's nicht mal nur geradeaus
Reicht Liebe für immer und ewig nicht aus?
Hügel runter, Hügel rauf
Wann hört das auf, wann hört das auf?

Ist es besser, einander zu lieben
Als alleine im Dunkeln zu gehn?
Ist es besser zu lieben, als sich in Hass zu verliern?
Wir sollten uns besser zur Seite stehn
Der Weg ist sehr steil, wir wollen nicht straucheln
Ist allemal besser als immer
Weiter Achten zu drehn

Find's selbst heraus, mein gutes Kind
Ich gehe nirgendwohin
Ist nur ne Endlosschleife vom Band
In einem Tanzsaal
Du bist die Frau, für die ich Achten dreh
Keine Ahnung, ob ich komm oder geh
Zu früh oder spät
Ich laufe immerzu im Kreis,
Gib mir Bescheid, wenn du es weißt.

TOY STORE

I left for the toy store
I bought myself a whole situation

asking the future for you
wishing the breeze would be mine
chasing the running stream

hoping you'd be tall in the grass

SPIELZEUGLADEN

Ich ging in den Spielzeugladen
und kaufte mir eine komplette Realität

wollte deine Zukunft erfragen
wünschte, der Wind wäre mein
jagte den fließenden Strom

und hoffte, dich wachsen und
im Gras stehen zu sehen

HEART OF THE COUNTRY

I look high, I look low,
I'm lookin' everywhere I go,
Looking for a home
In the heart of the country…

I'm gonna move, I'm gonna go,
I'm gonna tell everyone I know,
Looking for a home
In the heart of the country.

Heart of the country
Where the holy people grow,
Heart of the country,
Smell the grass in the meadow.

Want a horse, I want a sheep,
I want to get me a good night's sleep,
Living in a home
In the heart of the country…

I'm gonna move, I'm gonna go,
I'm gonna tell everyone I know,
Looking for a home
In the heart of the country.

HAUS AUF DEM LANDE

Ich guck hier, ich guck da
Ich guck überall, wo ich fahr
Ich zieh hinaus
Such mir ein Haus auf dem Lande

Ich zieh um, jederzeit
Ich sag allen Bekannten Bescheid
Ich zieh hinaus
Such mir ein Haus auf dem Lande

Raus auf das Land
Wo die Menschen heilig sind
Raus auf das Land
Wo nach Gräsern riecht der Wind

Will ein Pferd, will ein Schaf
Ich will endlich ungestörten Schlaf
Ich zieh hinaus
Such mir ein Haus auf dem Lande

Ich zieh um, jederzeit
Ich sag allen Bekannten Bescheid
Ich zieh hinaus
Such mir ein Haus auf dem Lande

MULL OF KINTYRE

Mull of Kintyre
Oh mist rolling in from the sea
My desire is always to be here
Oh Mull of Kintyre

Far have I travelled and much have I seen
Dark distant mountains with valleys of green
Past painted deserts, the sun sets on fire
As he carries me home to the Mull of Kintyre

Sweep through the heather like deer in the glen
Carry me back to the days I knew then
Nights when we sang like a heavenly choir
Of the life and the times of the Mull of Kintyre

Smiles in the sunshine and tears in the rain
Still take me back where my memories remain
Flickering embers grow higher and higher
As they carry me back to the Mull of Kintyre

Mull of Kintyre
Oh mist rolling in from the sea
My desire is always to be here
Oh Mull of Kintyre

WÜNSCHE JAGEN

Fragile Fragmente
Poltern prunkvolle
Marmortreppen hinunter
Zerschellen in tausend Stücke
Greifen berstend nach
Sternen aus Porzellan
Explodieren in Clustern
Die Jungs von der Eastside fliehen
Kreditkarten regnen
Aus den Wolken
Auf frisch gebohnerte Böden
Strömen Schildpattkämme
Und schwarze Kassetten
Rütteln an den Käfigen
Schwer bewaffneter alter Damen

Und sag, lebst du in dem Wahn
Auf dem Karussell deine Wünsche zu jagen?
Wenn, musst du wissen
Der Preis zu sinken
Gleich einem Kahn

Den Hang erklimmen
Im Langlaufschritt
Sich an Chromstahl klammern
Hanteln stemmen
Wie Kerzenleuchter
Dem heißen Wachs ausweichen
und wieder zurück

Flying with lizards
All blown in a gust
Through staining glass
Windows and covered with dust blood,
To keep out the rain

And say, are you chasing the cherry?
The merry-go-round of the roses
If so, you must know
That the down side
Is to sink like a ferry

A weapon is not
Worth a button,
When anti-world
Matters explode
And chandeliers
Drop from the ceiling
With sharp-shooters' skill

Exhausted collapse
In the playground
Apeak epileptic remains
And froth at the mouth
Like a river, till
Teachers in apple-pie beds
Reach out
Chalk filled hands
And lift
Lift

Mit Eidechsen fliegen
Von Böen geweht
Durch getönte Scheiben
Fenster zum Schutz gegen Regen
Mit getrocknetem Blut bedeckt

Und sag, lebst du in dem Wahn
Auf dem Karussell deine Wünsche zu jagen?
Wenn, musst du wissen
Der Preis ist zu sinken
Gleich einem Kahn

Eine Waffe ist nicht
Einen Knopf wert
Wenn Anti-Materie
Explodiert
Und Kerzenleuchter
Von Decken fallen
Geschossen von
Scharfschützen gleich

Brich erschöpft
Auf dem Spielplatz zusammen
Epileptische Relikte
Schaum vor dem Mund
Strömt wie ein Fluss, bis
Lehrer von Schülern gefesselt
In ihren Betten
Ihre kreidigen Hände
strecken und heben
Heben

And say, are you chasing the cherry?
The singular red one on top
It gleams with particular pleasure
That may never stop
If so, you must know
That the high tide
Has sunk like a ferry.

Und sag, lebst du in dem Wahn
Auf dem Karussell deine Wünsche zu jagen
Alle Wünsche bis hin zu dem letzten
Der gleißend nie endende Lust
Zu verheißen scheint?
Wenn, musst du wissen
Auch die höchste Flut
Sinkt wie ein Kahn.

WAS IT REALLY TWENTY YEARS AGO?

What's changed?
Issues still the same

Then we wanted

END APARTHEID
PEACE ON EARTH
LOVE & UNDERSTANDING

Now
What have we learned?

CHANGE COMES SLOWLY
But it is
CHANGING!!!

  KEEP PUSHING

KEEP THE FAITH
  AND PRAY
THAT WE HAVE BETTER NEWS TO REPORT

TWENTY YEARS FROM TODAY

IST ES WIRKLICH 20 JAHRE HER?

Was hat sich verändert?
Die Themen wohl nicht

Wir wollten

SCHLUSS MIT APARTHEID
FRIEDE AUF ERDEN
VERSTÄNDNIS & LIEBE

Und jetzt
Was haben wir gelernt?

VERÄNDERUNG GEHT LANGSAM
Doch sie
PASSIERT!!!

KÄMPFT WEITER

BEWAHRT EUREN GLAUBEN
UND BETET
DASS WIR BESSERE NACHRICHTEN VERMELDEN
KÖNNEN
HEUTE IN ZWANZIG JAHREN

BIG BOYS BICKERING

Big boys bickering,
That's what they're doing every day.
Big boys bickering,
Fucking it up for everyone.

Guess why they're betting on the track?
They're trying to win your money back.
All of the taxes that you paid
Went to fund a masquerade.

Big boys bickering …

We stand here waiting
Underneath the tower block,
Who will win, who will lose?
Which way do the big boys choose?
Which of us will ever know
What goes on?

So while they argue through the night,
Shaking their sticks of dynamite,
Babies are dying through the day,
They want to blow us all away.

Big boys bickering
And so the game goes on and on.
Big boys bickering,
Fucking it up for everyone.
For everyone!

GROSSE JUNGENS ZANKEN SICH

Große Jungens zanken sich,
Tagaus, tagein, das Pack.
Große Jungens zanken sich,
Gehen allen auf den Sack.

Was treibt sie zu den Pferdewetten?
Sie versuchen dein Geld für dich zu retten.
Die Steuern, die du hast zahlen müssen,
Sind verjubelt für Leckerbissen.

Große Jungens zanken sich …

Wir stehen hier und warten
Vor dem großen Hochhaus.
Wer gewinnt, wer geht leer aus?
Was haben die Kerle nun schon wieder vor?
Keinem flüstern sie ins Ohr,
Was da läuft.

Und während sie nächtelang streiten
Und Dynamitstangen vorbereiten,
Müssen Kinder massenhaft sterben.
Sie wollen uns alle verderben.

Große Jungens zanken sich,
Tagaus, tagein, das Pack.
Große Jungens zanken sich,
Gehen allen auf den Sack.
Allen auf den Sack!

CITY PARK

Twenty-seven press-ups
At black park bench altar.
Eight warm even notes
From tall church cool bell.
High staccato twittering of small birds
Against throbbing pigeons
»Oh how do you do?
Oh how do you coo?«

World's long low surface
Tickles to life with strangers,
Sniffing collie couple,
Speed-walking high-armed
Brisk little sergeant major woman.
Bouncing peke in tow.

Moorhen flutters squawking
Cross crowded city pond top,
All sorts of ducks,
Mill slowly round white swans.
Stately black swans
Snow tipped nipple red beaks.

A crow cackles
With thumb on black comb rasp.

Winter-bare rose bushes
Line asphalt path.
Old yellow Scotch,
Pink Posy, Pour Toi,

CITY PARK

Siebenundzwanzig Liegestütze
Am Altar der schwarzen Parkbank
Acht gemessene Schläge hallen warm
Von des hohen Kirchturms kühler Glocke wider
Kleine Vögel zwitschern schrill staccato
Und die Tauben glucken
»Geht es gut?
Gurrt es gut?«

Der Welt langes flaches Antlitz
Erwacht zum Leben voller Fremder
Schnupperndes Collie-Pärchen
Im Sturmschritt schwer bewaffnet
Eine forsche kleine Stabsfeldwebelin
In ihrem Schlepptau hüpft ein Pekinese

Ein Teichhuhn flattert gackernd
Über den wimmelnden Stadtpark-See
Enten aller Arten
Tummeln sich um weiße Schwäne
Majestätisch schwarze Schwäne
Schneebekränzte nippelrote Schnäbel.

Eine Krähe krächzt
Daumenzirpen über Zähne eines schwarzen Kamms

Winterkahle Rosenbüsche
Säumen asphaltierten Pfad
Johnny Walker
Pink Posy, Pour Toi

Polar Star, Mood Music
And Yesterday.
Where silent gardeners dig.

Eighteen press-ups
Facing my lover's home
Grins to the sky.
Nine nods this way
Nine nods that.
And I pray
To the spirit of goodness
To open page on a fine, fine day
For ever, and ever,
And EVER
And EVER!

Polarstern, Mood Music
Und Yesterday
Wo schweigend Gärtner graben

Achtzehn Liegestütze
Vis-à-vis der Liebsten Haus
Himmelwärts grinsend
Nick ich neunmal hierhin
Neunmal dorthin
Und ich bete
Zu dem Geist des Guten
Schlag die Seite auf zu einem schönen neuen Tag
Für immer und ewig
Und IMMER
Und EWIG!

MOON'S A MANDARIN

Moon's a mandarin
Orange segment.
Stars as clear as you like.
Smelling of pines
And eucalyptus.

Quite a night.

MANDARINENMOND

Mandarinenmond
Apfelsinenscheibe
Sterne funkeln sternenklar.
Duften nach Kiefern
Und Eukalyptus

So eine Nacht – wunderbar.

TROUBLE IS

Rabbit running in circles
chasing his tail because
it looks like candy floss.
Trouble is – rabbits don't eat candy floss.

Black labrador barking at the antics
of his shadow on the wall.
Trouble is – shadows don't fight back.

A pair of gloves hanging from
a back pocket argue about
which hand will hold the rake.
Trouble is – gloves don't give a shit.

DAS DUMME IST

Ein Hase rennt im Kreis
Seinem Schwanz hinterher,
Weil er aussieht wie Zuckerwatte.
Das Dumme ist – Hasen essen keine Zuckerwatte.

Ein Labrador bellt den Schatten an,
Den er selbst an die Wand wirft.
Das Dumme ist – Schatten wehren sich nicht.

Ein Handschuhpaar hängt aus
Der Hosentasche und streitet,
Welche Hand den Rechen halten soll.
Das Dumme ist – Handschuhen ist alles scheißegal.

A BILLION BEES IN THE BORAGE

And if, instead of passing,
You stop,
You can hear the hum.
Billions of them
Bobbing from star to star.
Though flowers
Are sky blue, from a
Distance the field looks purple.
Each bee is different
And as they roam
The borage field
They hum.

BILLIONEN BIENEN IM BORRETSCH

Und wenn du, statt weiterzugehen,
Stehen bleibst,
Hörst du das Summen.
Billionen von ihnen
Hüpfen von Stern zu Stern.
Zwar sind die Blüten
Himmelblau, doch von weitem
Sieht das Feld beinahe lila aus.
Keine Biene gleicht der andern,
Sie streifen durch
Das Borretschfeld
Und summen.

GIVE THE MAN A BREAK

Workers on the picket line
picking up the trash
executive negotiators
shout about the cash

Workers on the inside
whipping up the dough
while the old man's country
gets to go too slow

go-go-go

Give the man a break
give the guy a chance
ain't no law say a man can't dance

Doctors gonna operate
wants to know if you'd
like to buy a kidney
mustn't eat the food

Later in the hospital
while he's on the job
poisoned in the kitchen
by a dirty slob

Give the man a break
give the guy a chance
ain't no law say a man can't dance …

JETZT MACH MAL HALBLANG

An der Streikfront vor dem Tor
Gibt's nur Müll zu fegen
Derweil die Verhandlungsführer
Sich übers Geld erregen

Die Kollegen in der Halle
Legen sich ins Zeug – doch
Das Land des alten Mannes
Pfeift aus dem letzten Loch

Dem letzten Loch

Jetzt mach mal halblang
Eine Chance dem Mann
Wo steht, dass ein Mann nicht tanzen kann

Kurz vor dem OP-Termin
Will der Arzt noch wissen
Ob du eine Niere brauchst
Ich ess hier keinen Bissen

Später dann im Krankenhaus
Im Bereitschaftsdienst
Vergiftet durch Kantinenfraß
Von einem Schwein serviert

Jetzt mach mal halblang
Eine Chance dem Mann
Wo steht, dass ein Mann nicht tanzen kann …

LOOKING FOR CHANGES

I saw a cat with a machine in his brain
The man who fed him said
He didn't feel any pain
I'd like to see that man
Take out that machine
And stick it in his own brain
You know what I mean

I saw a rabbit with its eyes full of tears
The lab that owned her had
Been doing it for years
Why don't we make them
Pay for every last eye
That couldn't cry its own tears
Do you know what I mean

Well I tell you that we'll all be
Looking for changes
Changes in the way
We treat our fellow creatures
And we will learn how to grow
When we're looking for changes

I saw a monkey that was
Learning how to choke
A guy beside him gave him
Cigarettes to smoke
And every time that monkey
Started to cough
The bastard laughed his head off
Do you know what I mean

WENN SICH ETWAS ÄNDERN SOLL

Sah eine Katze mit 'ner Maschine im Gehirn
Doch ihr Besitzer sagte nur:
Das macht ihr gar nichts aus.
Gern würd' ich sehn, wie er
Ihr die Maschine extrahiert
Und in sein eignes Hirn montiert
Ihr wisst schon, was ich meine.

Sah ein Kaninchen, die Augen voller Tränen
Das Labor hat die Lizenz,
Es jahrelang zu quälen.
Einmal sollen sie bezahlen
Für jedes Auge im Land
Das nie eigene Tränen gekannt.
Ihr wisst schon, was ich meine.

Eines Tages werden wir alle
Wollen, dass sich etwas ändert
Daran, was wir
Unsren Mitgeschöpfen antun
Wir müssen stärker werden
Wenn sich etwas ändern soll.

Sah einen Affen, der
Das Röcheln lernte
Ein Laborant, der ließ ihn
Zigaretten rauchen.
Und wenn der Affe hustete
Bekam der Kerl jedes Mal
Einen hämischen Lachanfall.
Ihr wisst schon, was ich meine.

When I tell you that we'll all be
Looking for changes
Changes in the way
We treat our fellow creatures
And we will learn how to grow
When we're looking for changes
We're looking for changes
In the way we are

Eines Tages werden alle
Wollen, dass sich etwas ändert
Daran, was wir
Unsren Mitgeschöpfen antun
Wir müssen stärker werden
Wenn sich etwas ändern soll.
Sich was ändern soll
Daran, wie wir sind

ALL TOGETHER NOW

One, two, three, four,
Can I have a little more?
Five, six, seven, eight, nine, ten,
I love you.

A, B, C, D,
Can I bring my friend to tea?
E, F, G, H, I, J,
I love you.

Bom bom bom bom bom-pa bom
Sail the ship bom-pa bom
Chop the tree bom-pa bom
Skip the rope bom-pa bom
Look at me.

All together now. All together now.

Black, white, green, red,
Can I take my friend to bed?
Pink, brown, yellow, orange and blue,
I love you.

Bom bom bom bom bom-pa bom
Sail the ship bom-pa bom
Chop the tree bom-pa bom
Skip the rope bom-pa bom
Look at me.

All together now! All together NOW!

UND JETZT ALLE

1 2 3 4
Gib mir noch ein bisschen mehr
5 6 7 8 9 10
Du bist schön

A B C D
Meine Kleine kommt zum Tee
E F G H I J
Ich liebe dich

Bom bom bom bom bom-pa bom
Leinen los bom-pa bom
Beilchen schwing bom-pa bom
Seilchen spring bom-pa bom
Macht's mir nach

Und jetzt alle. Alle zusammen jetzt.

Schwarz weiß grün blau
Ich mach dich zu meiner Frau
Gelb braun rosa lila und rot
Ich liebe dich.

Bom bom bom bom bom-pa bom
Leinen los bom-pa bom
Beilchen schwing bom-pa bom
Seilchen spring bom-pa bom
Macht's mir nach

Und jetzt alle. Alle zusammen jetzt.

VI ALL THE LONELY PEOPLE

SHE'S LEAVING HOME

Wednesday morning at five o'clock as the day begins,
Silently closing her bedroom door,
Leaving the note that she hoped would say more,
She goes downstairs to the kitchen
Clutching her handkerchief,
Quietly turning the back door key,
Stepping outside, she is free.

She *(We gave her most of our lives)*
Is leaving *(Sacrificed most of our lives)*
Home *(We gave her everything money could buy).*
She's leaving home after living alone
For so many years.
Bye, bye.

Father snores as his wife gets into her dressing gown,
Picks up the letter that's lying there.
Standing alone at the top of the stairs
She breaks down and cries to her husband,
Daddy, our baby's gone.
Why would she treat us so thoughtlessly?
How could she do this to me?

She *(We never thought of ourselves)*
Is leaving *(Never a thought for ourselves)*
Home *(We struggled hard all our lives to get by).*
She's leaving home after living alone
For so many years.
Bye, bye.

SIE LÄUFT DAVON

Mittwochmorgen um fünf Uhr früh in der Dämmerung
Schließt sie ganz leise die Tür hinter sich
Legt den erklärenden Brief auf den Tisch
Geht hinunter in die Küche und
Weint in ihr Taschentuch
Schleicht sich an der Garderobe vorbei
Tritt hinaus und ist frei.

Sie (*wir haben alles getan*)
Läuft da (*gerackert ein Leben lang*)
Von (*immer mit Geld und Geschenken verwöhnt*)
Sie läuft davon, denn sie ist lange schon
So allein.
Bye bye.

Vater schnarcht noch, als Mutter schon aus dem Zimmer
geht
Findet den Brief auf dem Korridor
Die Abschiedsworte der Tochter im Ohr
Sie schluchzt auf und ruft ihrem Mann zu
Daddy, die Kleine ist weg.
Wie kann sie nur so gedankenlos sein?
Warum lässt sie uns allein?

Sie (*nie an uns selber gedacht*)
Läuft da (*nie an uns selber gedacht*)
Von (*uns jeden Pfennig vom Mund abgespart*).
Sie läuft davon, denn sie lebt lange schon
So allein.
Bye bye.

Friday morning at nine o'clock she is far away,
Waiting to keep the appointment she made,
Meeting a man from the motor trade.
She *(What did we do that was wrong?)*
Is having *(We didn't know it was wrong)*
Fun *(Fun is the one thing that money can't buy).*
Something inside that was always denied
For so many years.

She's leaving home
Bye, bye.

(written with John Lennon)

Freitagmorgen um neun Uhr ist sie schon weit von hier
Sie trägt noch einmal den Lippenstift auf
Für das Date mit dem Typen, der Autos verkauft
Sie (*was haben wir falsch gemacht*)
Hat endlich (*was haben wir nicht bedacht*)
Spaß (*dass man Spaß nicht mit Geld kaufen kann*)
Denn das allein blieb ihr immer verwehrt
Ihr Leben lang.

Sie läuft davon
Bye bye.

LADY MADONNA

Lady Madonna, children at your feet
Wonder how you manage to make ends meet.
Who finds the money when you pay the rent?
Did you think that money was heaven sent?

Friday night arrives without a suitcase
Sunday morning creeping like a nun
Monday's child has learned to tie his bootlace.
See how they run.

Lady Madonna, baby at your breast
Wonders how you manage to feed the rest.

Lady Madonna, lying on the bed
Listen to the music playing in your head.

Tuesday afternoon is never ending
Wednesday morning papers didn't come
Thursday night your stockings needed mending.
See how they run.

Lady Madonna, children at your feet
Wonder how you manage to make ends meet.

LADY MADONNA

Lady Madonna, Kinder auf den Knien
Wie schaffst du es bloß, sie alle aufzuziehn
Wer zahlt die Miete, dafür brauchst du Geld
Glaubst du, dass es einfach so vom Himmel fällt

Freitagabend kann kein Ende finden
Sonntagmorgen kommt gebückt herein
Montagskind lernt Schuhe selber binden
Sieh sie dir an

Lady Madonna, Baby an der Brust
Wie du die andern satt kriegst, hätt' ich gern gewusst

Lady Madonna, du gönnst dir auch mal Ruh
Und in deinem Kopf spielt die Musik dazu

Dienstagnachmittag geht nie zu Ende
Mittwochmorgen kommt die Zeitung nicht
Donnerstag hast du vom Putzen wunde Hände
Sieh sie dir an

Lady Madonna, Kinder auf den Knien
Wie schaffst du es bloß, sie alle aufzuziehn

'SOILY

People gathered here tonight,
I want you to listen to me!
To your left and to your right,
You've got some pretty soily company.
Readers, writers, farmer, priest,
Breed-controller, born deceased.
Indian, lawyer, doctor, dog,
And a plumber with a fattened hog.

'Soily, 'soily,
The cat in the satin trousers said it's oily.
'Soily, 'soily,
The cat in the satin trousers said it's oily,
And you know he's right.

Romans, Italians, countrymen,
I want you to listen to me!
I've said it twice and I'll say it again,
We've got some pretty soily company.
Liar, cheater, jungle chief,
Saint, believer on relief.
Action painter, Hitler's son,
And a commie with a tommy gun.

'Soily, 'soily,
The cat in the satin trousers said it's oily.
'Soily, 'soily,
The cat in the satin trousers said it's oily,
And you know he's right.

SCHMIERIG

Ihr habt euch hier versammelt heute
Nun hört mir bitte zu!
Linker Hand und rechter Hand
Stehen ziemlich viele schmier'ge Leute.
Leser, Schreiber, Bauer, Priester,
Totgeburten, ein Mann vom Hundezüchterverein.
Inder, Anwalt, Doktor, Hund,
Und ein Klempner mit einem gemästeten Schwein.

Schmierig, schmierig,
Sagt der Typ in der Satinhose, schmierig.
Schmierig, schmierig,
Sagt der Typ in der Satinhose, schmierig.
Und natürlich hat er Recht.

Römer, Italiener, Landsleute,
Nun hört mir bitte zu!
Ich hab es zweimal gesagt, und sag's nochmal,
Wir haben hier ziemlich viele schmier'ge Leute.
Lügner, Betrüger, Urwaldhäuptling,
Heilige und Gläubige, sie leben von der Stütze,
Actionpainter, Hitlers Sohn,
Ein Kommunist mit Kugelspritze.

Schmierig, schmierig,
Sagt der Typ in der Satinhose, schmierig.
Schmierig, schmierig,
Sagt der Typ in der Satinhose, schmierig.
Und natürlich hat er Recht.

MAXWELL'S SILVER HAMMER

Joan was quizzical, studied pataphysical
Science in the home,
Late nights all alone with a test-tube,
Oh oh oh oh.
Maxwell Edison majoring in medicine
Calls her on the phone,
Can I take you out to the pictures, Joan?
But as she's getting ready to go,
A knock comes on the door.

Bang bang Maxwell's silver hammer
Came down upon her head.
Bang bang Maxwell's silver hammer
Made sure that she was dead.

Back in school again, Maxwell plays the fool again,
Teacher gets annoyed.
Wishing to avoid an unpleasant scene,
She tells Max to stay when the class has gone away,
So he waits behind,
Writing fifty times I must not be so oh oh oh.
But when she turns her back on the boy
He creeps up from behind.

Bang bang Maxwell's silver hammer
Came down upon her head.
Bang bang Maxwell's silver hammer
Made sure that she was dead.

MAXWELLS SILBERHAMMER

Joan war sonderbar, studierte Pataphysika
Abends ganz allein
Präparate und Mikroskope
Oh oh oh oh
Maxwell Edison, Hauptfach Medizin
Ruft sie einfach an
Kommst du mit ins Kino, ich bitt dich, Joan?
Doch als sie grade losgehen will,
Da klopft es an die Tür.

Bang bang Maxwells Silberhammer
Der haut gewaltig zu
Bang bang Maxwells Silberhammer
Da gibt sie endlich Ruh

Wieder im Unterricht, mimt Max den Taugenichts,
Erbost die Lehrerin.
Die will keinen Ärger und sagt nur
So oh oh oh
Maxwell, du bleibst hier, heute Mittag bis um vier
Und schreibst mir fünfzig Mal
Ich will nie mehr unartig sein, so oh oh oh
Doch als sie ihm den Rücken zukehrt
Steht Max schon hinter ihr.

Bang bang Maxwells Silberhammer
Der haut gewaltig zu
Bang bang Maxwells Silberhammer
Da gibt sie endlich Ruh.

PC Thirty-One said, We've caught a dirty one,
Maxwell stands alone
Painting testimonial pictures
Oh oh oh oh.
Rose and Valerie screaming from the gallery
Say he must go free.
The Judge does not agree and he tells them
 so oh oh oh.
But as the words are leaving his lips
A noise comes from behind.

 Bang bang Maxwell's silver hammer
 Came down upon his head.
 Bang bang Maxwell's silver hammer
 Made sure that he was dead.
  Silver hammer man.

Das Schwein haben wir, tönt es stolz auf dem Revier,
Maxwell leidet sehr
Kreuzverhöre kann er nicht leiden,
Oh oh oh oh.
Rose und Valerie kreischen auf der Galerie,
Lasst den Armen frei.
Der Richter sagt nur nein, daraus wird nichts,
  oh oh oh oh.
Doch als er diese Worte ausspricht,
Da rumpelt's hinter ihm.

  Bang bang Maxwells Silberhammer
  Der haut gewaltig zu
  Bang bang Maxwells Silberhammer
  Da gibt er endlich Ruh.
    Schlägt der Hammer zu.

PAPERBACK WRITER

Dear Sir or Madam will you read my book?
It took me years to write, will you take a look?
It's based on a novel by a man named Lear,
And I need a job,
So I want to be a
Paperback writer, paperback writer.

It's a dirty story of a dirty man
And his clinging wife doesn't understand.
His son is working for the *Daily Mail,*
It's a steady job,
But he wants to be a
Paperback writer.

It's a thousand pages give or take a few,
I'll be writing more in a week or two.
I can make it longer if you like the style,
I can change it round
And I want to be a
Paperback writer, paperback writer.

If you really like it you can have the rights,
It could make a million for you overnight.
If you must return it you can send it here,
But I need a break
And I want to be a
Paperback writer, paperback writer.

TASCHENBUCHAUTOR

Mein lieber Herr Lektor, nun schaun Sie mal her.
Dieses Buch hier zu schreiben fiel mir wirklich schwer.
Die Idee ist nicht neu, sie stammt nicht von mir,
Ich brauch einen Job
Und wäre so gern ein
Taschenbuchautor, Taschenbuchautor.

Ist ne üble Story von nem üblen Mann,
Dessen Ehefrau ihn nicht verstehen kann.
Sein Sohn hat Arbeit bei der *Daily Mail.*
Ist ein guter Job
Doch er wäre so gern ein
Taschenbuchautor, Taschenbuchautor.

Tausend Seiten sind's so ungefähr,
Nächste Woche hab ich, wenn Sie wollen, mehr.
Kann's auch ändern, ganz wie es beliebt.
Ich mach alles mit,
Denn ich wäre so gern ein
Taschenbuchautor, Taschenbuchautor.

Wenn's wirklich gefällt, biet ich's Ihnen an,
Und über Nacht sind Sie vielleicht ein reicher Mann.
Und wenn es nicht geht, schicken Sie's zurück.
Ich will hier raus
Und ich wäre so gern ein
Taschenbuchautor, Taschenbuchautor.

NOT ON

Take your hand off my knee, young man,
Said the lady in green
I don't care to come between
You and your young woman

It's just not done!

Couldn't we pass up?
Couldn't we fold?
Aren't certain stories
Best left untold?
Some things like
Buttons
Are best left undone

– It's not on!

Arnie Pipe was a normal type
With an average job
Though his prospects will never be great
His bosses underestimate
His value
(Arnie says).

Irene's his fiancée
And would hate to disagree
But the company she thinks is fair
Arnie never does get anywhere
The company owns his underwear
(Clean and well paid for).

DAS TUT MAN NICHT

Nimm die Hand von meinem Knie, junger Mann
Sagte die Dame in Grün
Ich will auf keinen Fall
Zwischen dich geraten und deine Freundin

Das tut man einfach nicht!

Können wir's nicht lassen?
Geht das nicht?
Bliebe nicht manches
Besser ungehört?
Dinge wie
Knöpfe
Lässt man lieber unberührt

– Das tut man nicht!

Arnie Pipe war ein normaler Typ
Mit einem Durchschnittsjob
Aussichten hat er keine, aber
Seine Bosse unterschätzen
Seinen Wert
(sagt Arnie)

Seine Verlobte Irene
Widerspricht ihm nicht gerne
Aber sie denkt, die Firma hat Recht
Für eine Karriere taugt Arnie nicht
Selbst seine Unterwäsche ist Firmenbesitz
(Sauber und durchaus bezahlt).

Take your feet off my desk, young man,
Said the chauffeur in grey
My green woman has been to see me
She's retreating from your advance –

It just isn't done!

Couldn't you join us?
When can you start
Up as a driver
Looking the part?

Hang on says Arnie –

Couldn't we pass up?
Couldn't we fold?
Aren't certain stories
Best left untold?
Some things like
Buttons
Are best left undone

– It's not on!

Nimm die Füße von meinem Tisch, junger Mann,
Sagte der Chauffeur in Grau
Meine grüne Dame lässt ausrichten
Dass sie sich von dir nicht anmachen lässt –

Das tut man einfach nicht!

Komm doch zu uns!
Wann fängst du an
Als unser Fahrer?
Du bist der Mann!

Moment mal, sagt Arnie –

Können wir's nicht lassen?
Geht das nicht?
Bliebe nicht manches
Besser ungehört?
Dinge wie
Knöpfe
Lässt man lieber unberührt

– Das tut man nicht!

ROCKY RACCOON

Now somewhere in the black mountain hills of Dakota
There lived a young boy called Rocky Raccoon.
And one day his woman ran off with another guy,
Hit young Rocky in the eye, Rocky didn't like that.
He said, I'm gonna get that boy.
So one day he walked into town,
Booked himself a room in the local saloon.

Rocky Raccoon checked into his room
Only to find Gideon's Bible.
Rocky had come equipped with a gun
To shoot off the legs of his rival.

His rival, it seems, had broken his dreams
By stealing the girl of his fancy.
Her name was Magill and she called herself Lill,
But everyone knew her as Nancy.

Now she and her man who called himself Dan
Were in the next room at the hoe-down.
Rocky burst in and grinning a grin
He said, Danny boy, this is a showdown.

But Daniel was hot – he drew first and shot
And Rocky collapsed in the corner.
Now the doctor came in, stinking of gin
And proceeded to lie on the table.

He said, Rocky you met your match.
And Rocky said, Doc it's only a scratch

ROCKY RACCOON

Irgendwo in Dakota in den Black Mountains
Lebte ein Mann, der hieß Rocky Raccoon.
Eines Tages brannte seine Frau mit nem anderen durch.
Und das traf Rocky schwer, sehr schwer.
Den Kerl kaufe ich mir, sagte er.
Wenig später ging er in die Stadt
Und nahm sich ein Zimmer dort im Saloon.

Rocky Raccoon betritt den Saloon
Und sieht dort die Bibel wie jeder.
Er hat sein Gewehr, er will nichts so sehr
Als seinem Rivalen ans Leder.

Der hat ihm entführt, was ihm angehört
Und all seine Träume vernichtet.
Sie hieß Magill und nannte sich Lill,
Doch jedermann kennt sie als Nancy.

Sie und der Mann, er nannte sich Dan,
Sind nebenan und lassen die Sau raus.
Rocky platzt rein und grinst ganz gemein
Und sagt: Danny, ich mach dir den Garaus.

Aber Dan war der Boss, er zog schnell und schoss,
Und Rocky sinkt getroffen zu Boden.
Der Doktor kommt hin, er stinkt schwer nach Gin,
Und legt sich erst mal darnieder.

Er sagt: Rocky, mit dir ist es aus.
Und Rocky sagt: Macht mir nichts aus.

And I'll be better, I'll be better Doc
As soon as I'm able.

Now Rocky Raccoon he fell back in his room
Only to find Gideon's Bible.
Gideon checked out and he left in no doubt
To help with good Rocky's revival.

Ich komm schon durch, ich komme schon durch,
Das gibt sich bald wieder.

Rocky Raccoon wankt aus dem Saloon
Die Bibel liegt passenderweise
Nach wie vor auf dem Tisch, und Rocky macht sich
Mit dem Segen des Herrn auf die Reise.

LOVELY RITA

(Lovely Rita, meter maid)

Lovely Rita, meter maid,
Nothing can come between us,
When it gets dark I tow your heart away.

Standing by a parking meter,
When I caught a glimpse of Rita,
Filling in a ticket in her little white book.

In a cap she looked much older
And the bag across her shoulder
Made her look a little like a military man.

Lovely Rita, meter maid,
May I inquire discreetly,
When are you free
To take some tea with me?

Took her out and tried to win her,
Had a laugh and over dinner,
Told her I would really like to see her again.

Got the bill and Rita paid it,
Took her home and nearly made it,
Sitting on a sofa with a sister or two.

O, lovely Rita, meter maid,
Where would I be without you?
Give us a wink and make me think of you.

SCHÖNE RITA

(Rita, Parkometermaus)

Schöne Rita, Politesse
Wir halten immer fest zusammen
Mein Abschleppwagen hat dein Herz am Kran

An der Parkuhr, ganz alleine,
Sah ich Rita, wie sie eine
Kleine Zeile in ihr weißes Büchlein eintrug

Das strenge Käppi macht sie älter
Die Aktentasche deutlich kälter
Sah fast wie ein Westentaschenfeldwebel aus

Schöne Rita, Politesse
Darf ich schüchtern fragen
Wann hast du frei
Für ein Glas Tee zu zweit?

Wir trafen uns und gingen essen
Wir lachten viel, und währenddessen
Fragt ich ob ich sie nicht mal wiedersehn kann.

Die Rechnung kam, und Rita zahlte
Ich fuhr sie heim, doch eh es knallte
Kamen ihre beiden kleinen Schwestern herein

O Schöne Rita, Politesse
Was würd ich ohne dich machen?
Ein Wink genügt und ich denk nur an dich.

TCHAICO

I knew Tchaikovsky
He lived round our way
He was dead good at music
They used to say
I called him
Tchaico the Psycho

TSCHAIKO

Ich kannte Tschaikowski
Wohnte gleich nebenan
War verdammt gut in Musik
Sagt jedermann
Für mich hieß er nur
Tschaiko der Psycho …

JUNIOR'S FARM

You should have seen me with the poker man
I had a honey and I bet a grand
Just in the nick of time I looked at his hand
I was talking to an Eskimo
Said he was hoping for a fall of snow
When up popped a sea lion ready to go

Let's go, let's go, let's go, let's go
Down to Junior's Farm where I wanna lay low
Low life, high life, oh let's go
Take me down to Junior's Farm

At the Houses of Parliament
Everybody's talking about the President
We all chip in for a bag of cement
Ollie Hardy should have had more sense
He bought a gee-gee and he jumped the fence
All for the sake of a couple of pence

Let's go, let's go, let's go, let's go
Down to Junior's Farm where I wanna lay low
Low life, high life, oh let's go
Take me down to Junior's Farm
Everybody tag along

I took my bag into a grocer's store
The price is higher than the time before
Old man asked me, Why is it more?
I said, You should have seen me with the poker man
I had a honey and I bet a grand.
Just in the nick of time I looked at his hand

JUNIORS FARM

Neulich war ich bei dem Pokermann
Mein Blatt war gut, ich setzte alles dran
Ich sah ihm in die Karten und gewann
Ich sprach mit einem Eskimo
Der sagte, ich hoff es schneit bald irgendwo
Und plötzlich floh ein Seelöwe aus dem Zoo

Nichts wie hin, nichts wie hin
Zu Juniors Farm, wo ich zu Hause bin
Jubel Trubel Heiterkeit
Zu Juniors Farm da will ich hin

Im ganzen Parlament
Gibt's nur das Thema: Präsident
Wir spenden gern für einen Sack Zement
Ollie Hardie war ein nicht sehr kluger Clown
Kauft ein Pferd und springt übern Zaun
Für das bisschen Geld wär er besser abgehaun

Nichts wie hin, nichts wie hin
Zu Juniors Farm, wo ich zu Hause bin
Jubel Trubel Heiterkeit
Zu Juniors Farm da will ich hin
Und ihr kommt alle mit

Ich geh mit meiner Tasche in den Laden rein
Die Preise sind gestiegen, ganz von allein
Ein alter Mann fragt: »Muss das sein?«
Ich sage: »Neulich war ich bei dem Pokermann
Mein Blatt war gut, ich setzte alles dran.«
Ich sah ihm in die Karten und gewann

Let's go, let's go, let's go, let's go
Down to Junior's Farm where I wanna lay low
Low life, high life, oh let's go
Take me down to Junior's Farm

Take me back, take me back
I wanna go there …

Nichts wie hin, nichts wie hin
Zu Juniors Farm, wo ich zu Hause bin
Jubel Trubel Heiterkeit
Zu Juniors Farm da will ich hin

Nehmt mich mit, bringt mich hin
Da will ich hin …

OB-LA-DI, OB-LA-DA

Desmond has a barrow in the market place.
Molly is the singer in a band.
Desmond says to Molly, Girl I like your face
And Molly says this as she takes him by the hand.

Ob-la-di ob-la-da life goes on, bra,
Lala how the life goes on.

Desmond takes a trolley to the jeweller's store,
Buys a twenty-carat diamond ring.
Takes it back to Molly waiting at the door
And as he gives it to her she begins to sing.

Ob-la-di ob-la-da life goes on, bra,
Lala how the life goes on.

In a couple of years they have built
A home sweet home,
With a couple of kids running in the yard
Of Desmond and Molly Jones.

Happy ever after in the market place,
Desmond lets the children lend a hand.
Molly stays at home and does her pretty face
And in the evening she still sings it with the band.

Happy ever after in the market place,
Molly lets the children lend a hand.
Desmond stays at home and does his pretty face
And in the evening she's a singer with the band.

And if you want some fun –
Take Ob-la-di Ob-la-da.

OB-LA-DI, OB-LA-DA

Desmond hat ne Bude auf dem Wochenmarkt
Molly die singt abends in ner Band
Desmond sagt zu Molly, du ich find dich stark
Und Molly singt ein Lied, das wirklich jeder kennt.

Ob-la-di Ob-la-da – so ist Leben
La la ist das Leben schön

Desmond nimmt den nächsten Bus zum Juwelier
Kauft nen Hochzeitsring von zwölf Karat
Trägt ihn heim zu Molly, überreicht ihn ihr
Und sie bringt ein Ständchen nur für ihn privat

Ob-la-di Ob-la-da – so ist Leben
La la ist das Leben schön

Ein paar Jahre drauf steht das kleine Haus
Am Markt
Und auch zwei Kinder toben auf dem Hof
Von Desmond und Molly Jones

Immer froh und glücklich auf dem Wochenmarkt
Desmond zeigt den Kindern wie man's macht
Molly bleibt zu Haus und schminkt sich das Gesicht
Und dann singt sie mit der Band die ganze Nacht

Immer froh und glücklich auf dem Wochenmarkt
Molly zeigt den Kindern wie man's macht
Desmond bleibt zu Haus und schminkt sich das Gesicht
Und dann singt sie mit der Band die ganze Nacht

Und wenn's dir gut gehn soll –
Nimm Ob-la-di Ob-la-da.

WEDDING INVITATION

I was told by an American woman
Who was busy looking fixing me a drink
That the children in the building drove her crazy
She may be leaving sooner than you think

Well I said that that was pretty high and mighty
She showed a devastating sense of style
When she replied, »It was the fault of automation
That I forgot to have a child.«

Waiting for a wedding invitation
Thinking one was going to come along
What you don't know won't hurt you …

The bride was looking bitter in a white dress.
The wedding guests had started to arrive.
She said, »My future husband doesn't understand me
But he's glad to be alive.«

The groom had been a scientific genius
He invented something falling out of bed
But the whole thing nearly turned into a nightmare
When a dirty-looking priest pronounced him dead.

He said I'm waiting for a wedding invitation
Thinking one is going to come along
What you don't know won't hurt you

I'm not putting you down
I will walk with you anywhere you want to go

EINLADUNG ZUR HOCHZEIT

Eine Amerikanerin machte mir einen Drink
Und erzählte dabei hektisch und nervös
Die Kinder im Haus trieben sie noch in den Wahnsinn
Sie werde wohl bald hier ausziehn

Ich sagte, nun, das sei ja recht überheblich
Das sei doch ein sehr schlechter Stil
Worauf sie sagte: »Die moderne Technik ist schuld
Dass ich kein Kind kriegen will.«

  Zur Hochzeit eingeladen werden!
  Immer denken, wird schon einer kommen
  Was du nicht weißt, macht dich nicht heiß …

Die Braut sah finster aus in ihrem weißen Kleid.
Schon trafen die ersten Hochzeitsgäste ein.
Sie sagte: »Mein Zukünftiger versteht mich nicht
Aber er ist froh, am Leben zu sein.«

Der Bräutigam war ein Genie gewesen
Er machte eine Erfindung im Schlaf
Doch das Ganze wär fast zum Albtraum geraten
Als ein zerlumpter Priester ihn für tot befand

  Er sagte, ich will zur Hochzeit eingeladen werden
  Es wird schon eine kommen
  Was du nicht weißt, macht dich nicht heiß

      Ich unterdrücke dich nicht
    Ich gehe mit dir hin, wohin du willst

I'm not putting you down
I will help you with anything you want to know

While working on a piece of apparatus
He discovered that the world was in a mess
So she made him up a sandwich in the kitchen
And let good old Mother Nature do the rest ...

It's a handed-down American tradition
A prejudice that still exists today
If it wasn't for their openness of spirit
They might have long ago been spirited away.

They're waiting for a wedding invitation
Thinking one is going to come along
What they don't know won't hurt them

I'm not putting you down
I will walk with you anywhere you want to go
I'm not putting you down
I will help you with anything you want to know

I'm waiting for a wedding invitation
Thinking one is going to come along
What I don't know won't hurt me ...

Ich unterdrücke dich nicht
Ich sage dir alles, was du wissen willst

Als er mit einem Apparat beschäftigt war
Empfand er den Zustand der Welt als Tortur
Sie aber machte ihm ein Butterbrot
Und überließ den Rest dem Walten der Natur

Das ist eine alte amerikanische Sitte
Ein Vorurteil, das wiegt heute noch schwer
Und wenn sie nicht so aufgeschlossen wären
Gäbe es sie schon lange nicht mehr

Sie wollen zur Hochzeit eingeladen werden
Es wird schon jemand kommen
Was man nicht weiß, macht einen nicht heiß

Ich unterdrücke dich nicht
Ich geh mit dir hin, wohin du willst
Ich unterdrücke dich nicht
Ich sag dir alles, was du wissen willst

Ich will zur Hochzeit eingeladen werden
Es wird schon eine kommen
Was ich nicht weiß, macht mich nicht heiß …

FLAMING PIE

Making love underneath the bed
Shooting stars from a purple sky
I don't care how I do it
I'm the man on the flaming pie

Stick my tongue out and lick my nose
Tuck my shirt in and zip my fly
Go ahead, have a vision
I'm the man on the flaming pie

Everything I do has a simple explanation
When I'm with you, you could do with a vacation
I took my brains out and stretched 'em on the rack
Now I'm not so sure I'm ever gonna get 'em back

Cut my toes off to spite my feet
I don't know whether to laugh or cry
Never mind, check my rhythm
I'm the man on the flaming pie

I'm the man on the flaming pie
Now everything I do has a simple explanation
When I'm with you, you could do with a vacation
I took my brains out and stretched 'em on the rack
Now I'm not so sure I'm ever gonna get 'em back

KERZENTORTE

Liebe machen unterm Bett
Sterne schießen von der Himmelsborte
Mir egal wie ich das schaffe
Ich bin der Mann auf der Kerzentorte

Mit der Zunge mir die Nase lecken
Der Reißverschluss an meiner Hosenpforte
Jedem seine Vision
Ich bin der Mann auf der Kerzentorte

Alles was ich tu ist einfach zu erklären
Bin ich bei dir, brauchst du gleich wieder Ferien
Zum Trocknen hab ich mein Hirn rausgenommen
Und frag mich, kann ich's wieder reinbekommen

Zum Ärger meiner Füße hackt ich mir die Zehen ab
Mir fehlen einfach alle Worte
Macht nichts, der Rhythmus stimmt
Ich bin der Mann auf der Kerzentorte

Alles was ich tu ist einfach zu erklären
Bin ich bei dir, brauchst du gleich wieder Ferien
Zum Trocknen hab ich mein Hirn rausgenommen
Und frag mich, kann ich's wieder reinbekommen

ELEANOR RIGBY

Ah, look at all the lonely people.
Ah, look at all the lonely people.

        Eleanor Rigby
Picks up the rice in the church where a wedding has been,
        Lives in a dream.
    Waits at the window,
Wearing the face that she keeps in a jar by the door,
        Who is it for?

All the lonely people, where do they all come from?
All the lonely people, where do they all belong?

        Father Mackenzie,
Writing the words of a sermon that no one will hear,
        No one comes near.
    Look at him working,
Darning his socks in the night when there's nobody there,
        What does he care?

All the lonely people, where do they all come from?
All the lonely people, where do they all belong?

        Eleanor Rigby
Died in the church and was buried along with her name.
        Nobody came.
    Father Mackenzie,
Wiping the dirt from his hands as he walks from the grave.
        No one was saved.

ELEANOR RIGBY

Ach, sind so viele Menschen einsam.
Ach, sind so viele Menschen einsam.

Eleanor Rigby
Fegt in der Kirche den Reis von den Hochzeiten auf
Verträumt ihr Leben.
Wartet am Fenster
Nimmt das Gesicht aus dem Krug, setzt es auf – nur für wen?
Wer soll es sehn?

Viele Menschen einsam, wo kommen die nur her?
Viele Menschen einsam, will die denn keiner mehr?

Pfarrer Mackenzie
Schreibt eine Predigt, die keinen erreicht
Keinen erweicht.
Immer beschäftigt
Flickt seine Socken am Abend, wenn niemand zu Haus
Macht ihm nichts aus.

Viele Menschen einsam, wo kommen die nur her?
Viele Menschen einsam, will die denn keiner mehr?

Eleanor Rigby
Starb in der Kirche und nahm ihren Namen ins Grab
Einsames Grab.
Pfarrer Mackenzie
Wischt sich den Schmutz von der Hand und verschwindet im Haus
Niemand erlöst.

All the lonely people, where do they all come from?
All the lonely people, where do they all belong?

Viele Menschen einsam, wo kommen die nur her?
Viele Menschen einsam, will die denn keiner mehr?

VII STANDING STONE

STANDING STONE

I

After heavy light years
of tenacious trajectory
a ball of fire spat through space
spitting sparks and flames
at new blue universe.

The rains came and came
and extinguished livid flames.
A resistant hiss.
Brooding underground,
a sullen skulking sulk.

Still air hung still.
Silent peaks draped with mist.
A rumbling distance, flash-lit
rain-soaked slopes; valleys
filled with long quiet lakes.
Still air hung still.

Soothed land lay damp.
Reflecting water skimmed the blue
it was hurled through.
Down low toes of ocean rock
streams of lava froze in shock,
arms locked
round stone lover.

STANDING STONE

I

Nach schweren Lichtjahren
auf beharrlicher Flugbahn
raste durchs All ein Feuerball
spie Funken und Flammen
ins frische blaue Universum.

Unaufhörlich fiel Regen
und löschte wütende Flammen.
Ein ausdauerndes Zischen.
Unterirdisch brütete es
eingeschnappt und mürrisch.

Stille Luft stand still.
Stumme Gipfel in Nebel gehüllt.
Grollende Ferne, von Blitzen
erhellte regennasse Hänge; Täler
ausgefüllt von stillen Seen.
Stille Luft stand still.

Beschwichtigt das feuchte Land.
Wasserspiegel schöpften das Blau
durch das sie geschleudert wurden.
Am Fuß der Meeresfelsen
erstarrten Lavaströme.
Arme, geschlungen um
den runden Geliebten aus Stein.

Wept sky swept and grey.
A rainbow bridge
cuts mountain tops.

Souped in pea green
a single cell bulb flicked
to life.

Cell burst,
a shot blot page on time,
and grew to be
all living things.

II

He awoke startled
in sparkling imperfection.
Tingling delights of air's fresh rush
collide with grey cloud solitude.
On desolate hazy morning shore
the first person singular wanted
he didn't know what.

Clapping flash of lightning
illuminates far flat lines.
Velvet wind on dark horizon.
Sea of glass.
Then there was melody
made like a memory. A sprinkling of bells.
He sought the source.

Beweinter Himmel, leer und grau.
Eine Regenbogenbrücke
kappt Bergspitzen.

In der grünlichen Suppe
erwachte eine Zelle
zum Leben.

Die Zelle barst,
Ein Tintenfleck auf dem Blatt der Zeit
und wurde zu
allem Lebendigen.

II

Er fuhr aus dem Schlaf
in funkelnder Unvollkommenheit.
Prickelnde Wonne der frischen Luft
in grauer Wolkeneinsamkeit.
An wüster nebliger Morgenküste
stand allein die erste Person Singular
und wünschte sich, er wusste nicht was.

Knallender Blitzschlag
beleuchtet weite Ebenen.
Samtwind am dunklen Horizont.
Meer aus Glas.
Dann eine Melodie
leicht wie Erinnerung. Glockenklingeln.
Er suchte die Quelle.

Salt sea-breezes quickened,
a shift of silver lifted mist.
A crystal ship slipped and shone in sunlight.
Seduced he swam
to stand on deck.
Wind spoke
and sucked the boat to sea.
Soon land was left
bow fell on swells:
narcotic memory,
untroubled troughs.

A withering wind scratched the deck.
Shivering elegance slivered in splinters,
dissolved in dark as sun spat out.
Breathless lament in dissonant air,
chasms cough up chasms,
spinning wheels of fog.
Hope so hard to float it sank.

Until a crack of blinding light broke through
and hauled the boat along a singing slipway,
towards a dear blue sky.
And as before clear music led the way.

White bird silence over crystal bow.
The vessel sped through beads of spray
that slapped his happy face; and filled his soul
with glory song.
His nostrils snorted blasts of ocean air.

Salziger Seewind hob
die silbrigen Nebel.
Ein Schiff aus Kristall erstrahlte in der Sonne.
Verlockt schwamm er hin
und stieg an Deck.
Der Wind sprach
und zog das Boot aufs Meer.
Die Küste wich, der Bug
sank in die Wogen:
narkotische Erinnerung,
ruhige Wellentäler.

Sengender Wind schabte das Deck.
Zitternde Eleganz zersplitterte,
zerlief in Dunkel, als die Sonne verzischte.
Atemlose Klage in schriller Luft,
Schlünde werfen Schlünde aus,
kreisende Nebelräder.
Fast sank es vor Hoffnung zu schwimmen.

Bis ein Riss gleißenden Lichts hervorbrach
und das Boot auf singenden Schienen
in den klaren blauen Himmel zog.
Und wie zuvor wies wahre Musik den Weg.

Weißes Vogelschweigen über dem Bug aus Kristall.
Das Schiff schnitt zügig durch die Gischt,
die ihm ins glückliche Gesicht schlug: und seine Seele
mit preisenden Liedern erfüllte.
Seine Nase witterte die Luft des Ozeans.

»In thanks for my survival
I'll put up a monument of stone
where I put in.«

III

Subtle colours merged soft contours
stretched in welcome as the ship drew near.
His first bare step on mustard sand
was wiped by whim of wave.

Flickering birdsong.
A bank of grassy moorland rose to distant ridge.
Ancient olive, bright young lime,
and further purple mountain peaks
breathed echoes of the melody.

He stalked through swelling heather
to the ridge's tip to sip
the fresh world's news.
Flanked by juniper and birch
a long-flung track strung out below,
and wound to smoky settlement,
nested in blue hills.

Two natives drove a flock of umber sheep
along this burnt sienna road.
A beautiful woman, from whose throat
the haunting song had come.
A bearded man with snowish hair, her father,

»Zum Dank für meine Rettung
will ich, wo ich lande,
ein Denkmal aus Stein errichten.«

III

Zarte Farben schmolzen zu weichen Konturen,
die sich grüßend streckten, als das Schiff näher kam.
Sein erster Schritt auf gelbem Sand
wurde von Wellen weggespült.

Flatternder Vogelsang.
Begrastes Moorland schwang sich zu fernen Bergen.
Uralte Oliven, hellgrüne Zitronen,
und in der Ferne die bläulichen Gipfel,
sie alle hauchten das Echo der Melodie.

Er schritt durch wogende Heide
zum Grat hinauf, die frische
neue Welt zu überschauen.
Gesäumt von Birke und Wacholder
wand sich im Tal ein langer Weg
zu einer eng an blaue Hügel geschmiegten
Siedlung, Rauch stieg von Feuern auf.

Zwei Landeskinder trieben eine Herde brauner Schafe
den rostig roten Weg hinan.
Eine schöne Frau, deren Kehle
das sehnsuchtsvolle Lied gesungen.
Ein bärtiger Mann mit schneeweißem Haar, ihr Vater,

who had witnessed his arrival in a ship of glass
that disappeared as fast as it had come.
These companions walked within his joy
towards the settlement and spoke
of how they'd long expected him.

Still as stones that lined their path
this shepherd's daughter listened to his story.
Her father sang of local life and introduced
each character and scene.
Farmer, warrior, milkmaid, thief,
shaman, housewife, woodsman, fool.
They made him welcome and, before he slept,
agreed to help him hoist his stone.

On sun-smacked days they traced his steps
to plant a giant slab of sea-beat rock.
Rope and muscle, sweat and tackle
raised a weathered finger to the sky.
Soon this sacred stone bedded in its depths
the aspirations of their anxious souls.
A place of peace where he and she would meet.

But as their hearts rehearsed and played a set
of new-found harmonies and chords,
black horse rider rode throughout the night
with news that set the settlement alight.
Off ragged Northern coast

Zeuge seiner Ankunft auf dem gläsernen Schiff,
das so geschwind, wie es gekommen, auch wieder
verschwunden war.
Diese Gefährten führten den Erfreuten
zu der Ansiedlung und erzählten,
wie lange sie seiner schon harrten.

Still wie die Steine, die ihren Weg säumten,
lauschte die Tochter des Schäfers seiner Erzählung.
Ihr Vater sang vom Leben des Dorfs und stellte ihm
jeden Protagonisten und Schauplatz vor.
Bauer, Krieger, Milchmagd, Dieb,
Schamane, Hausfrau, Waldläufer und Narr.
Sie hießen ihn willkommen und versprachen
eh er sich schlafen legte, Hilfe beim Aufrichten
des Steins.

In Sonnenglut zogen sie an seiner Landestelle
einen gewaltigen Felsen auf, umspült vom Meer.
Seil, Muskel, Schweiß und Flaschenzug
hoben den verwitterten Finger himmelwärts.
Und bald schon barg der heilige Stein in seinen Tiefen
die Hoffnungen ihrer ängstlichen Seelen.
Ein Ort des Friedens, an dem er und sie sich fanden.

Doch als ihre Herzen einen Satz
neuer Harmonien und Akkorde probten und spielten,
kam ein schwarzer Reiter aus der Nacht
und meldete, die Siedlung stünde in Flammen.
Von der zerklüfteten Küste im Norden

a rugged gang of bandits gathered.
Dark longships flashed with metal.
Thud of boot, belt, hull and oar,
a storm of fighters swarmed ashore.

Panic scampered through the people's veins.
Poisoned rats in a pot of grain.
The visitor fell still to seek an answer.
The shepherdess, his love,
took him
to the standing stone
and poured an ancient potion.

A backward somersault of senses.
Cool breezes
    fruit blossom fragrance rippled air
chiming towers ran slow hours,
        fluttering calm.
And drifted, drifted.
Long spiralled colours twisted
sinuous dance of snake and vine.
She left him to his slab of stone.

He watched its towered rush
scratch at the moon.
Fanned flames flicked up tongues.
Lichen crawled with lunar cloud reflections.
As raging hordes rode tidal waves of blood
he was tossed and smackly landed
on the sudden floor.

sei eine wilde Schar Banditen gekommen.
Finstere Wikingerboote, metallisch glänzend.
Krachende Stiefel, Gürtel, Rumpf und Ruder,
schwärmten die Krieger an Land.

Panik jagte durch die Adern der Menschen.
Vergiftete Ratten im Getreidefass.
Der Besucher verstummte, er suchte nach Antwort.
Die Schäferin, seine Liebe,
führte ihn
zu dem aufragenden Stein
und gab ihm einen alten Zaubertrank.

Rückwärtssalto der Sinne.
Kühler Wind
die Luft durchweht von Blütendüften
Glockentürme schlugen träge Stunden,
flatternde Ruhe.
Und trieben, trieben dahin.
Bunte Spiralen wanden sich im
wiegenden Tanz von Schlange und Rebe.
Sie ließ ihn bei seinem Stein allein.

Er sah den turmhohen Felsen
am Mond kratzen.
Entfachte Flammen fingerten Feuerzungen gleich
Flechten wimmelten im Widerschein von Mondwolken.
Als in blutigen Flutwellen wütende Horden anstürmten,
ward er durch die Luft geschleudert und krachte
jählings zu Boden.

He looked up and saw
a spirit force stretch easy into space
so powerful he trembled and believed.
Head bowed, he slipped in trance-wet sheets.
Slow whirl, silent thunder,
breezeless hurricane. He cried out.
A wall of peeled-back veils revealed
a face unlike another.
Vision, visage, gentle, genteel,
masculine mouth, female eyes.
A face to steal.
The mouth spoke, slower than words.

»You were sent to help the people here.
Their invaders' greatest fear
is that the sky will fall.
Say you'll make this happen
and in two days' time the moon will be eclipsed.«

Awake, he found himself
a crumpled scrap beneath
the upright stack of stone.
Black clouds rolled the moon.

As milkmaid warriors made futile preparations
to defend against attack
their newcomer was welcomed back
with sceptical acclaim.
He told to those who would be told,

Er blickte auf und sah
einen mächtigen Geist geruhsam über sich schweben,
so mächtig, dass er bebend glaubte.
Gesenkten Kopfs schlüpfte er in von Fieberträumen
feuchte Laken.
Träges Gewirbel, stummer Donner,
erstickter Wirbelsturm. Er schrie auf.
Ein Schleier hob sich und enthüllte
ein Gesicht wie kein zweites.
Ein helles Antlitz, edel und fein,
männlicher Mund, weibliche Augen.
Ein herrliches Gesicht.
Der Mund sprach, langsamer als Worte.

»Du wurdest geschickt, den Menschen zu helfen.
Am meisten fürchten die Eindringlinge,
dass der Himmel einstürzt.
Sag, genau das wirst du geschehen lassen,
und in zwei Tagen wird sich der Mond verdunkeln.«

Und er erwachte,
ein zusammengesunkenes Bündel
unter dem aufrecht stehenden Stein.
Schwarze Wolken schoben sich vor den Mond.

Milchmädchenkrieger, die sinnlose Vorkehrungen
zur Verteidigung gegen den Angriff trafen,
empfingen mit skeptischem Beifall
den Neuling in ihrer Mitte.
Er sagte denen Bescheid, die es anging,

then rode
into the enemy domain.

Deriding scowls lined his arrival.
Wolf-eyed soldiers, drunk, with stagnant breath,
press to hear his threat
to make the sky collapse
unless their troops retreat.
The leader's belly heaved, he laughed and spat:
»Before I skewer and feed you to these apes
go tell your tribe, within three days they'll be my
slaves.«

Thunder tore apart a sheet of sky.
Hard laughter swallowed dust
as hero sped to anxious settlement.
The villagers made crude defences
huddled in a circle round the stone.
Lambs listened for the dog-pack howl.
Long blown hours scattered charcoal grey
above the rag-bag armies' quickened pulse.
A sudden moon illuminates.
They crouch with bucket, beam and bench
in fortress ring until
night sang,
sang of juggernaut's approach.

und ritt
ins Gebiet der Feinde.

Höhnische Mienen säumten seinen Einzug.
Betrunkene Soldaten mit Wolfsaugen und stinkendem
Atem
drängen herbei, seine Drohung zu hören:
Den Himmel will er einstürzen lassen,
wenn sie nicht weichen.
Der Anführer hielt sich lachend den Bauch und fauchte:
»Bevor ich dich aufspieße und den Affen zum Fraß
vorwerfe,
sag deinem Stamm, in drei Tagen sind sie alle meine
Sklaven.«

Donner riss den Himmel auf.
Schroffes Lachen schluckte Staub,
als der Held zur bangen Siedlung eilte.
Die Einwohner bauten primitive Schutzwehre auf,
kauerten im Kreis um den Stein.
Schafe, die dem Gebell der Hundemeute lauschten.
Lange Stunden, kohlengrau verstreut
über das Herzklopfen der zagenden Kämpfer.
Der Mond leuchtet auf.
Sie kauern mit Eimer, Balken und Bank
im Festungsring, bis
die Nacht
vom Nahen der Angreifer sang.

»I will make the sky collapse,«
First Person sprang and roared,
»unless you take your army back.«
Some stumbled, stopped,
but most slunk on, shamed
by their leader's mocking curse.

The sky grew black magnetic.
Black air cracked electric.
A drape was dragged across the moon.
In howling darkness some trampled, tripped,
but all ran, chased by children to the laughing sea.

IV

Strings pluck, horns blow, drums beat.
Full-lunged songs sing enemies' defeat.
Sheep set loose, blacksmith's bench returned to use
and milkmaid's buckets spilled with glory tales.
Planted seeds found time to thrive
and farmers rose to reap their ripened wheat.
The warrior, at peace with peace
like thief, resolved to turn a leaf.
And lovers made lovers' plans.
Pebble games, daisy chains
and sub-chin butter tests.

»Ich bringe den Himmel zum Einsturz«,
schrie Erste Person Singular,
»wenn eure Truppe nicht kehrtmacht.«
Manche stolperten, blieben stehen,
die meisten aber schlichen weiter, beschämt
vom höhnischen Fluch ihres Anführers.

Der Himmel wurde schwarz magnetisch.
Die schwarze Luft krachte elektrisch.
Ein Vorhang wurde vor den Mond gezogen.
In heulender Finsternis stolperten manche,
doch alle rannten von Kindern gejagt zum lachenden
Meer.

IV

Streicher zupfen, Bläser schmettern, Trommeln
schlagen.
Herzhafter Gesang kündet vom Sieg über den Feind.
Die Schafe laufen wieder frei umher, der Schmied kehrt
an den Amboss zurück,
die Eimer der Milchmägde erzählen von Ruhmestaten.
Die Saat ist aufgegangen, die Bauern
ernten den reifen Weizen.
Der Krieger, in Frieden mit dem Frieden
beschloss verstohlen ein Blatt zu wenden.
Die Liebenden schmiedeten Pläne.
Kinder spielen mit Steinen, winden Kränze aus
Gänseblümchen,
halten sich Butterblumen ans Kinn,

Kids peel sticks of birch to feel
slick moistured fingertips.
Blue sky laced with tight white webs;
fields of high rye tickled skylarks,
levitating stars.

On contented drone of bee
musicians improvise a melody
fuelled by feast fermented fruit.
Sun-cooked air blew through flutes
and round bright maypole strings
a jig in plaited time thrilled quickened hearts.

Birds and butterflies flit
from wayside bush and ditch.
The track from town to stone
soon jammed with revellers
inching chattily towards
their sacred site
where she and he
vowed their proud love.
No kingdom could have crowned him
with more joy than her.

An impossibly distant black bird
circled overhead and wondered why
so many bite-sized creatures spent their lifetime
running on the spot.

schälen Birkenzweige und spüren
glatte feuchte Fingerspitzen.
Himmelsblau, verziert mit weißem Gewebe;
hoch steht der Roggen, er kitzelt die Lerchen
und lässt die Sterne schweben.

Zum zufriedenen Summen der Bienen
improvisieren Musiker eine Melodie
beflügelt von vergorenen Früchten.
Sonnenheiße Luft pfiff durch Flöten
und strich um bunte Maibaumbänder
ein lebhafter Jig ließ die Herzen freudig erzittern.

Vögel und Schmetterlinge huschten
um die Büsche am Wegesrand.
Der Pfad vom Dorf zum Stein
füllte sich rasch mit Feiernden
die plaudernd zur
heiligen Stätte schritten
wo sie und er
einander wahre Liebe schworen.
Kein Königreich und keine Krone
hätte ihn mehr erfreuen können.

In weitester Ferne kreiste
ein schwarzer Vogel und fragte sich
warum so viele happengroße Wesen ihr Leben damit
verbrachten,
auf der Stelle zu laufen.

VIII HOME TO LOVE

FLYING TO MY HOME

The sun is fading in the west
Out where the cattle roam,
I'm like a bird at the end of the day
Flying to my home.

I'm flying to my home sweet majesty,
I'm flying to my home.

The sky is like a painted flag
Above a sea of chrome,
I've got a woman living in my life,
Living in my home.

I'm flying to my home sweet majesty,
I'm flying to my home …

NUN FLIEGE ICH NACH HAUS

Im Westen wird die Sonne blasser
Wo Herden ziehn hinaus
Und wie ein Vogel nach dem langen Tag
Fliege ich nach Haus

Nun fliege ich nach Haus, Gott sei's gedankt,
Nun fliege ich nach Haus

Der Himmel spannt ein buntes Banner
Das Meer wie Chrom sieht aus
Ich habe eine Frau, die teilt mein Leben
Wohnt bei mir zu Haus

Nun fliege ich nach Haus, Gott sei's gedankt,
Nun fliege ich nach Haus …

FULL MOON'S EVE

On a full moon's eve
A tiger sprang
And gnawed on
Who I used to be

A pale haze lights
The fox's eye
And …
Checking once
He leaves by a hole in the hedge

Old loves return
To kiss the lips
In case the empty gallery
Should fill with whispering strangers
Like a flood

VOLLMONDNACHT

In einer Vollmondnacht
Sprang mich ein Tiger an
Und knabberte an dem
Was ich einst war

Ein blasser Nebel leuchtet
im Auge des Fuchses
Der …
Sieht sich einmal um
Und verschwindet durch ein Loch in der Hecke

Alte Lieben kehren wieder
Küssen sich auf den Mund
In der Vollmondnacht
Doch verweile nicht zu lange
Falls die leere Galerie
Sich mit fremdem Flüstern füllt
Wie eine Flut

A MAN WITH CHILDREN

I am a man with children
Namely, Heather, Mary, Stella, Sid and James
Well Sid's a lie
But who are you to know
About a fool such as I?

Winds hop and bump
Along the corrugated roof
But here inside
A man of pride
In children

A winter wind was one to blame
For lying us so close
To make each child
And I was told
For each that growed
Their personality would stay
And I'm well proud

EIN MANN MIT KINDERN

Ich bin ein Mann mit Kindern
Sie heißen Heather, Mary, Stella, Sid und James
Nun, Sid ist gelogen
Aber was wisst ihr schon
Über einen Narren wie mich?

Der Wind rüttelt
An dem Wellblechdach
Doch darunter
Lebt ein Mann, der stolz ist
Auf seine Kinder

Nur der Winterwind war schuld
Dass wir so nah beisammen lagen
Und ein Kind nach dem andern machten
Man hat mir gesagt
Ein jedes, das heranwächst
Ist ein Mensch für sich
Und das macht mich stolz

THE BLUE SHINES THROUGH

You're responsible
for the hole in my soul
the hole in my tablecloth
the hole in my jacket top
But the hole shines blue
The hole shines blue

I'm responsible
for the bolt in your neck
the bolt from the blue
the bolt on the door
But the blue shines through
the hole in my soul
The blue shines through
The hole shines blue

DAS BLAU SCHIMMERT DURCH

Du bist schuld
an dem Loch in meiner Seele
dem Loch in meinem Tischtuch
dem Loch in meiner Jacke
Doch das Loch schimmert blau
Das Loch schimmert blau

Ich bin schuld
an dem Schlag in deinen Nacken
dem Schlag aus heiterem Himmel
dem Beschlag vor unserer Tür
Doch das Blau schimmert durch
das Loch in meiner Seele
Das Blau schimmert durch
Das Loch schimmert blau

CALICO SKIES

It was written that I would love you
From the moment I opened my eyes
And the morning when I first saw you
Gave me life under calico skies
I will hold you for as long as you like
I'll hold you for the rest of my life

Always looking for ways to love you
Never failing to fight at your side
While the angels of love protect us
From the innermost secrets we hide
I'll hold you for as long as you like
I'll hold you for the rest of my life

Long live all of us crazy soldiers
Who were born under calico skies
May we never be called to handle
All the weapons of war we despise
I'll hold you for as long as you like
I'll hold you for the rest of my life
I'll hold you for as long as you like
I'll love you for the rest of my…
For the rest of my life

HIMMEL SO KUNTERBUNT

Seit ich erstmals die Augen aufschlug
War mir prophezeit unser Bund
Seit dem Morgen, an dem wir uns trafen
War mein Himmel stets kunterbunt
Komm, ich halt dich fest, solange du magst
Ich halt dich ein ganzes Leben lang

Will immer neu und anders dich lieben
Neben dir kämpfen, ganz unverzagt
Solln die Engel der Liebe uns schützen
Vor dem, was in uns schlummern mag
Komm, halt dich fest, ruhig solange du magst
Ich halt dich ein ganzes Leben lang

Lang leben wir verrückten Soldaten
Kinder des Himmels so kunterbunt
Hofft, dass niemals in Krieg wir geraten
Verhasst die Waffen in unserer Hand
Komm, halt dich fest, ruhig solange du magst
Ich halt dich ein ganzes Leben lang
Komm, halt dich fest, ruhig solange du magst
Ich halt dich ein ganzes …
Ein ganzes Leben lang

WATERFALLS

Don't go jumping waterfalls
Please keep to the lake
People who jump waterfalls
Sometimes can make mistakes

And I need love, yeah I need love
Like a second needs an hour
Like a raindrop needs a shower
Yeah I need love every minute of the day
And it wouldn't be the same
If you ever should decide to go away

And I need love, yeah I need love
Like a castle needs a tower
Like a garden needs a flower
Yeah I need love every minute of the day
And it wouldn't be the same
If you ever should decide to go away

Don't go chasing polar bears
In the great unknown
Some big friendly polar bear
Might want to take you home

And I need love, yeah I need love …

Don't run after motor cars
Please stay on the side
Someone's glossy motor car
Might take you for a ride

WASSERFALL

Spring mir nicht vom Wasserfall
Bleibe auf dem See
Denn wer springt vom Wasserfall
Tut sich manchmal weh

Ich brauche Liebe, ja, ich brauche Liebe
Wie ein Tropfen den Regen
Wie ein Pfarrer den Segen
Ich brauche Liebe, wo ich geh und steh
Mein Leben bricht in Stücke
Wenn ich dich mal nicht mehr seh

Ich brauche Liebe, ja, ich brauche Liebe
Wie ein Schloss den Turm
Wie einen Apfel der Wurm
Ich brauche Liebe, wo ich geh und steh
Und es wäre nicht dasselbe
Wenn ich dich mal nicht mehr seh

Geh nicht Eisbären jagen
In einem fremden Land
Ist der Eisbär gar zu freundlich
Nimmt er dich noch bei der Hand

Ich brauche Liebe, ja, ich brauche Liebe …

Laufe nicht den Autos nach
Bleib für dich allein
Mancher stolze Wagenlenker
Lädt dich sonst zu sich ein

And I need love, yeah I need love …

Don’t go jumping waterfalls
Please keep to the lake.

Ich brauche Liebe, ja, ich brauche Liebe …

Spring mir nicht vom Wasserfall
Bleibe auf dem See.

PICTURES IN SONG

Most of her days
She sits waiting for someone
Dreaming of romance
– Some day he'll come along

Most of my life has been spent
Painting pictures in song

He fills his time
Slowly building a home
They can be proud of
Makes it big and strong

I find that I fill my time
Painting pictures in song

Some spend their time
Trying to learn how
To measure the distance
Between right and wrong

Most of my time has been spent
Painting pictures in song

I'll be content
Painting pictures in song

MIT LIEDERN BILDER MALEN

Meistens sitzt sie
Und wartet auf jemand
Träumt von der Liebe
– Die irgendwann kommt

Ich habe fast mein ganzes Leben
Mit Liedern Bilder gemalt

Er verbringt seine Zeit
Mit dem Bau eines Hauses
Auf das man stolz sein kann
Groß soll es sein und stark

Ich habe in meiner Zeit
Mit Liedern Bilder gemalt

Es gibt Menschen,
Die versuchen zu lernen,
Wie man den Abstand vermisst
Zwischen Richtig und Falsch

Ich habe die meiste Zeit
Mit Liedern Bilder gemalt

Ich weiß, mich macht es zufrieden,
Mit Liedern Bilder zu malen

NO RHYME

No rhyme, no reason,
No ship, no shape.
We lie in our long bed
Making escape.

KEIN SINN

Kein Sinn, kein Verstand,
Nicht brav, nicht adrett.
Wir fliehen die Welt
Und liegen im Bett.

MY LOVE

And when I go away
I know my heart can stay with my love
It's understood
It's in the hands of my love,
And my love does it good.
My love does it good.

And when the cupboard's bare
I'll still find something there with my love
It's understood
It's everywhere with my love,
And my love does it good.
My love does it good.

I love, my love,
Only my love holds the other key to me,
Oh my love, oh my love
Only my love does it good to me.
My love does it good.

Don't ever ask me why
I never say goodbye to my love
It's understood
It's everywhere with my love,
And my love does it good,
My love does it good.

I love my love,
Only my love does it good to me.

MEINE LIEBSTE

Und wenn ich gehe
Bleibt mein Herz bei meiner Liebsten
Denn es ist ja
In den Händen meiner Liebsten
Und meine Liebste tut mir gut.
Meine Liebste tut mir gut.

Und ist der Schrank auch leer
Mit meiner Liebsten find ich immer mehr
In jedem Fall
Und überall mit meiner Liebsten,
Und meine Liebste tut mir gut.
Meine Liebste tut mir gut.

Ich liebe meine Liebste
Nur meine Liebste hat den Schlüssel zu mir,
O meine Liebe, meine Liebste
Nur meine Liebste tut mir gut.
Meine Liebste tut mir gut.

Frage nicht warum
Ich meine Liebste nie verlasse
Denn ich bin ja
Überall mit meiner Liebsten,
Und meine Liebste tut mir gut.
Meine Liebste tut mir gut.

Ich liebe meine Liebste,
Nur meine Liebste tut mir gut.

IX NOVA

ANTI-ALARM CALL

Don't get up just yet
It's much too cold and wet

Better stay in bed
Hibernate instead

Fifteen minutes more
What you waiting for?
Back into your dreams

Better stay inside
Hibernate and hide

ANTI-WECKRUF

Steh besser noch nicht auf so bald
Draußen ist's nur nass und kalt

Solltest lieber liegen bleiben
Mit Winterschlaf die Zeit vertreiben

Nur noch eine Viertelstunde
Was zögerst du? Noch eine Runde
Zurück zu deinen Träumen

Besser kann man unter Decken
Überwintern, sich verstecken

CALL IT A DAY

It's only a matter of hours
Since lurching to left right
Hunched in half light
I dropped from the day night
And sped across fields –

Music for ear drums
Lemon for sore gums
Brambles for bare bums –

Call it a day

MACHEN WIR SCHLUSS

Es sind nur wenige Stunden
Seit ich taumelnd her und hin
Im Halblicht aufgestanden bin
Und aus der hellen Nacht
Mich an die Luft gebracht –

Musik für Trommelfelle
Dornen auf nackter Pelle
Zitronen für alle Fälle

Machen wir Schluss

BLESSED

I would come back from a run
With lines of poetry to tell
And having listened, she would say
»What a mind.«

She'd fold my words inside her head
And though the lines may not have been
Supreme, she wasn't merely being kind.
She meant it, what she said

And I am blessed
For she said »What a mind.«

SELIG

Wenn ich vom Laufen nach Hause kam
Und ihr von neuen Gedichten erzählte
Hörte sie zu und sagte:
»Wie klug du bist.«

Sie hob meine Worte bei sich auf
Und waren die Verse auch nicht die besten
Sagte sie das nicht aus Freundlichkeit
Sondern aus ganzem Herzen

Und ich bin selig
Weil sie sagte: »Wie klug du bist.«

BLACK JACKET

Sadness isn't sadness
it's happiness
in a black jacket

Death isn't death
it's life
that's jumped off a tall cliff

Tears are not tears
They're balls
of laughter
dipped in salt

SCHWARZER UMSCHLAG

Trauer ist nicht Trauer
Sondern Glück
In einem schwarzen Umschlag

Tod ist nicht Tod
Sondern Leben
Von einer hohen Klippe gesprungen

Tränen sind nicht Tränen
Sondern Perlen
aus Lachen
In Salz getaucht

HER SPIRIT

Her spirit moves wind chimes
  When air is still
    And fills the rooms
      With fragrance of lily

Her eyes blue green
  Still seen
    Perfectly happy
      With nothing

Her spirit sets
  The water pipes a-humming
    Fat lektronic force be with ya sound

Her spirit talks to me
  Through animals
    Beautiful creature
      Lay with me

Bird that calls my name
  Insists that she is here
    And nothing
      Left to fear

Bright white squirrel
  Foot of tree
    Fixes me
      With innocent gaze

Her spirit talks to me

IHRE SEELE

Wenn kein Lüftchen weht
  Bringt ihre Seele
    Das Windspiel zum Klingen
      Erfüllt unser Haus mit Lilienduft.

Ihre Augen blaugrün
  Noch immer gesehen
    Vollkommen glücklich
      Mit nichts

Ihre Seele bringt
  Wasserrohre zum Summen
    Ein weh-lektrisches
      Möge-die-Macht-mit-dir-sein-Geräusch

Ihre Seele spricht zu mir
  Durch jedes Tier
    Schönes Geschöpf
      Leg dich zu mir

Vogel ruft meinen Namen
  Versichert mir, sie ist hier
    Ich muss nichts
      Fürchten mehr

Eichhörnchen schneeweiß
  Am Baumstamm
    Sieht mich an
      Mit Unschuldsblick

Ihre Seele spricht zu mir

MEDITATE

Astride my inner peace
I see
How many thoughts I throw
at me

Stem this furious flow of frantic thought

Meditate

Set aside arrangements to be made
Speeches to be spoken
Pennies on a plate

Meditate

Listening to glistening bells
Ding dong mantras honey coat a parching thirst
Inner singer shouts out mantra
Drown out lucy nation's chatter

Count for nothing
To count for count's sake
Count
To no total
To repeat
Not to remember, but
To not remember.

To meditate

MEDITIERE

Auf meinem inneren Frieden reitend
            sehe ich
Die Last der Gedanken, zahllos quälen
            sie mich

Dämme diese wilde Flut von Gedanken

      Meditiere

Vergiss die unabgemachten Termine
Und Reden, die noch zu halten sind
Es sind nur Worte im Wind

      Meditiere

Lausche glitzernden Glöckchen
Bimmelnde Mantras versüßen den schlimmsten Durst
Innere Stimme singt ein Mantra
Lauter als das Plappern der Halluzi-Nationen

Zählen zählt nichts
Zähle um des Zählens willen
Zähle
Ohne Ziel
Was zählt ist Wiederholung:
Nicht des Erinnerns, sondern
Des Nichterinnerns wegen.

Meditieren

To listen for nothing
Hear no reason

Mantra discovers
Naughty boy
Inside my mind
Trine to write poetry
Pa-boiled
Mam-marry
Gland opening

Ma shall law declare
Pa takes of the feast

Cunt hooks, quim, minge
Knob and tool
Words I often heard at school
Shall I fear to now repeat
Words that whistled down our street?

Stop

Man tra la la
Man trap

Stop

Mantra mantra

Love sound no meaning

Nicht hören
Auf die Stimme der Vernunft

Mantra entdeckt
Das unartige Kind
In meinem Kopf
Das Gedichte schreiben will
Vater-Frust
Mutter-Brust
Drüsen-Trieb

Mutter verkündet Gesetze
Vater feiert meine Feste

Nutte, Sack und Schwanz
Loch und Möse
Worte, oft in der Schule gehört
Wenn ich sie jetzt wiederhole
Bin ich dann böse?

Halt

Man tralala
Mann tra

Halt

Mantra Mantra

Liebeslaute ohne Sinn

TO FIND THE JOY

Seagulls bright white glint
Against a charcoal morning sky
Enough for lovers to see heaven by
But fox and rabbit badger yeah
And seagull too think harder crueller thoughts –
Do or be done to –
No poet's joy for them

Seagulls spiral whirl
Against the sullen oak
No scientific thought informs
Their common madcap tribal swirl

For them the warming sun
Not only warms but shines
A harsher light to be discovered by
An overshoulder ever-watchful life
While we will quieten our disquiet
  To find the joy

FREUDE FINDEN

Möwen blinken strahlend weiß
Auf kohlschwarzem Morgenhimmel
Genug für Liebende, sich im Paradies zu wähnen
Doch Fuchs und Dachs und Hase
Und auch die Möwen haben bösere Gedanken –
Fressen oder gefressen werden –
Des Dichters Freude kennen sie nicht

Möwen umkreisen
Die finstere Eiche
Von Wissenschaft wissen sie nichts
Bei ihrem täglichen wilden Tanz

Die wärmende Sonne wärmt sie nicht nur
Sondern wirft ein grelleres Licht
In dem ein immer wachsames Leben
Sie mit einem Blick zurück entdecken könnte
Während wir unsere Unruhe dämpfen
  Um Freude zu finden

IRISH LANGUAGE

Those Irish chappies
Have a fine sense of it
This language of ours

They toss it in the air
Like a snowball

Dribble it through their fingers
Like the guy in the movie

Tell tales that fell
Off the back of a lorry
Carting logs for the furnace

Swill it round their mouths
And let the spittle drip
Slowly out

Trickle, tumble,
Fiddle, fumble,
Bimble, bumble

To be sure of anything
Would be a fine thing

To be sure
As Spike says –
The Beatles were a bunch of Micks

IRISCHE SPRACHE

Die irischen Freunde
Haben ein feines Gespür
Für unsere Sprache

Sie werfen sie in die Luft
Wie einen Schneeball

Lassen sie durch die Finger rinnen
Wie der Mann in diesem Film

Erzählen Geschichten, die von
Einem Lastwagen fielen, der Holz
Zum Hochofen fuhr

Wälzen sie im Mund herum
Und lassen den Speichel langsam
Heraustropfen

Das tröpfelt und taumelt
Spielt und tastet
Bimmelt und baumelt

Sich immer sicher zu sein
Wäre eine gute Sache.

Eins steht fest
Sagt Spike –
Die Beatles waren Iren

STEEL

Steel yourself against the rapid fire
Confusion of events that masquerade as life
Bullet holes in time's demented curtain

STÄHLE DICH

Stähle dich gegen das Schnellfeuer
Verworrener Ereignisse, die sich als Leben maskieren
Einschusslöcher im verrückten Vorhang der Zeit

ROCKING ON!

I want to smell
your underarm odour
I want to drink
your ice cream soda

Reminisce
about our childhood
What we did
in deepest wildwood

Let's remember
fifties cars
And hanging out in
late-night bars

Want to give
your back a rub
Then jump into
a foamy tub

Laugh at all
your High School jokes
One two many
Scotch and Cokes

Want to stroke
your furry kitten
Don't be shy
you won't be bitten

WIR MACHEN WEITER

Will in deine
Achseln sinken
und von deiner
Limo trinken

Denken wir
an Kindertage
Was wir trieben
in jeder Lage

Weißt du noch
die alten Stars
lange Nächte
viele Bars

Möchte dir den
Bauch massieren
Dich im Schaumbad
karessieren

Scherzen über
Schülerzeit
Scotch mit Cola
Völlig breit

Ich will deine
Mieze streicheln
Zier dich nicht
ich will dir schmeicheln

When we've seen
the babies doze off
Let me see you
take your clothes off

When this world is
dead and gone
We will still be
Rocking On!

Wenn die Kleinen
heia sind
zieh dich aus
vor mir, mein Kind

Wenn die Welt
längst nicht mehr steht
wissen wir
wie's weitergeht!

DAWN STAR

You are
the brightest star
in a blue dawn

Venus
above us
between us

we gaze admiringly
like Jupiter

STERN DER DÄMMERUNG

Du bist
der hellste Stern
in blauer Dämmerung

Venus
über uns
zwischen uns

schauen wir bewundernd
wie Jupiter

SHE IS …

She is …
the Yin to my Yang
the I to my Ching
the See to my Saw
the Head to my Tails
the Lily of my Valley

SIE IST …

Sie ist …
das Yin zu meinem Yang
das I zu meinem Ghing
das Auf zu meinem Ab
der Kopf zu meiner Zahl
das Glöckchen zu meinem Mai

LOST

I lost my wife
She lost her life

Until then
the luxury
of no responsibility

Chopper wouldn't
fall that night
as, clenched inside a glove
we sucked
each other's energy

VERLOREN

Ich habe meine Frau verloren
Sie hat ihr Leben verloren

Bis dahin
der Luxus
keine Verantwortung zu tragen

Das Beil fiel nicht
in dieser Nacht
als wir, in einem Handschuh geballt
uns gegenseitig
die Kraft aussaugten

TO BE SAID

There's a lot to be said
There's nothing to be said

My love is alive
My love is dead

I hear her voice
Inside my head

There's a lot to be said
There's nothing to be said

There's a lot to remember
A lot to forget

My love is hot
My love is wet
As if it was
The night we met

There's a lot to remember
A lot to forget

There's a lot to be said
There's nothing to be said

ZU SAGEN

Es gibt viel zu sagen
Es gibt nichts zu sagen

Meine Liebe lebt
Meine Liebe ist erschlagen

Ich höre ihre Stimme
an allen Tagen

Es gibt viel zu sagen
Es gibt nichts zu sagen

Es gibt viel zu erinnern
Viel zu entsagen

Meine Liebe ist heiß
sie will nicht verzagen
Wie in den Nächten
Als wir beieinander lagen

Es gibt viel zu erinnern
Viel zu entsagen

Es gibt viel zu sagen
Es gibt nichts zu sagen

NOVA

(*from* A Garland For Linda)

Are You there?
God where are You?

Are You hiding in Your Heaven?
Or beneath Your deepest sea?
Was there something in our past imperfect?
Or is it something that we should have known?

Are You there?
God where are You?

Are You hiding, God?
Are You hiding in the rain?
Are You hiding?

I am here

I am here in every song you sing
In the wings of a rising lark
Through the darkness to the morning light.
I am present in everything.

I am here as first a new-born babe
Opens eyes on the universe.

I am here
I am here now
I am with you

NOVA

(aus *A Garland for Linda*)

Bist Du da?
Gott, wo bist Du?

Versteckst Du Dich in Deinem Himmel?
Oder in Deinem tiefsten Meer?
Hat etwas in unserer Vergangenheit nicht gestimmt?
Etwas, das wir hätten merken sollen?

Bist Du da?
Gott, wo bist Du?

Versteckst Du Dich, Gott?
Versteckst Du Dich im Regen?
Versteckst Du Dich?

Ich bin hier

Ich bin hier, in jedem Lied, das du singst
In den Flügeln einer Lerche
Die sich aus dem Dunkel ins Morgenlicht schwingt.
Ich bin anwesend in allem.

Ich bin hier, wenn ein Neugeborenes zum ersten Mal
Die Augen zum Universum aufschlägt.

Ich bin hier.
Ich bin jetzt hier.
Ich bin bei dir.

I am here as every flake of snow
Washes white on the countryside.
As each green blade stretches for the sun.
I am here watching over them.

I am here as first a new-born babe
Opens eyes on the universe.
With each step I'll be that arm that guides
Now and then till the end of time.

Amen.

Ich bin hier, wenn die Schneeflocken
Weiß auf die Landschaft segeln.
Wenn grüne Halme sich nach der Sonne strecken.
Ich bin hier und wache über sie alle.

Ich bin hier, wenn ein Neugeborenes zum ersten Mal
Die Augen zum Universum aufschlägt.
Bei jedem Schritt bin ich der Arm, der dich leitet
Jetzt und bis ans Ende aller Tage.

Amen.

DANKSAGUNG

Wir möchten folgenden Personen (in alphabetischer Reihenfolge) für ihre Hilfe und Unterstützung danken: Sherry Baines, Maria Dawson, Alan Durband (Pauls inspirierendem Englischlehrer), Annabel Hardman, Celia Hewitt, Shelagh Jones, Sasha Mitchell und Tom Pickard. Ebenso sind wir dankbar für die Unterstützung und Begeisterung, die wir seitens des *New Statesman* erfahren haben, in dem einige dieser Gedichte erstmalig erschienen sind.

Paul McCartney und Adrian Mitchell

REGISTER

Die Songtitel werden durch die Titel der Alben, auf denen sie enthalten sind, ergänzt.